紅色歲月

李亞偉 著

李亞偉詩選

朝向漢語的邊陲

楊小濱

　　中國當代詩的發展可以看作是朝向漢語每一處邊界的勇猛推進，而它的起源也可以追溯出頗為複雜的線索。1960年代中後期張鶴慈（北京，1943-）和陳建華（上海，1948-）等人的詩作已經在相當程度上改變了主流詩歌的修辭樣式。如果說張鶴慈還帶有浪漫主義的餘韻，陳建華的詩受到波德萊爾的啟發，可以說是當代詩中最早出現的現代主義作品，但這些作品的閱讀範圍當時只在極小的朋友圈子內，直到1990年代才廣為流傳。1970年代初的北京，出現了更具衝擊力的當代詩寫作：根子（1951-）以極端的現代主義姿態面對一個幻滅而絕望的世界，而多多（1951-）詩中對時代的觀察和體驗也遠遠超越了同時代詩人的視野，成為中國當代詩史上的靈魂人物。

　　對我來說，當代詩的概念，大致可以理解為對朦朧詩的銜接。朦朧詩的出現，從某種意義上可以看作官方以招安的形式收編民間詩人的一次努力。根子、多多和芒克（1951-）的寫作從來就沒有被認可為朦朧詩的經典，既然連出現在《詩刊》的可能都沒有，也就甚至未曾享受遭到批判的待遇，直到1980年代中後期才漸漸浮出地表。我們完全可以說，多多等人的文化詩學意義，是屬於後朦朧時代的。才華出眾的朦朧詩人顧城在1989年六四事件後寫出了偏離朦朧詩美學的《鬼進城》等

傑作，卻不久以殺妻自盡的方式寫下了慘痛的人生詩篇。除了
揮霍詩才的芒克之外，嚴力（1954-）自始至終就顯示出與朦
朧詩主潮相異的機智旨趣和宇宙視野；而同為朦朧詩人的楊煉
（1955-），在1980年代中期即創作了《諾日朗》這樣的經典作
品，以各種組詩、長詩重新跨入傳統文化，由於從朦朧詩中率
先奮勇突圍，日漸成為朦朧詩群體中成就最為卓著的詩人。同
樣成功突圍的是遊移在朦朧詩邊緣的王小妮（1955-），她從
1980年代後期開始以尖銳直白的詩句來書寫個人對世界的奇妙
感知，成為當代女性詩人中最突出的代表。如果說在1970年代
末到1980年代初，朦朧詩仍然帶有強烈的烏托邦理念與相當程
度的宏大抒情風格，從1980年代中後期開始，朦朧詩人們的寫
作發生了巨大的轉化。

這個轉化當然也體現在後朦朧詩人身上。翟永明（1955-）
被公認為後朦朧時代湧現的最優秀的女詩人，早期作品受到自
白派影響，挖掘女性意識中的黑暗真實，爾後也融入了古典
傳統等多方面的因素，形成了開闊、成熟的寫作風格。在1980
年代中，翟永明與鍾鳴（1953-）、柏樺（1956-）、歐陽江河
（1956-）、張棗（1962-2010）被稱為「四川五君」，個個都
是後朦朧時代的寫作高手。柏樺早期的詩既帶有近乎神經質的
青春敏感，又不乏古典的鮮明意象，極大地開闢了漢語詩的表
現力。在拓展古典詩學趣味上，張棗最初是柏樺的同行者，爾
後日漸走向更極端的探索，為漢語實踐了非凡的可能性。在
「四川五君」中，鍾鳴深具哲人的氣度，用史詩和寓言有力地
書寫了當代歷史與現實。歐陽江河的寫作從一開始就將感性與

理性出色地結合在一起，將現實歷史的關懷與悖論式的超驗視野結合在一起，抵達了恢宏與思辨的驚險高度。

後朦朧詩時代起源於1980年代中期，一群自我命名為「第三代」的詩人在四川崛起，標誌著中國當代詩進入了一個新階段。1980年代最有影響的詩歌流派，產自四川的佔了絕大多數。除了「四川五君」以外，四川還為1980年代中國詩壇貢獻了「非非」、「莽漢」、「整體主義」等詩歌群體（流派和詩刊）。如周倫佑（1952-）、楊黎（1962-）、何小竹（1963-）、吉木狼格（1963-）等在非非主義的「反文化」旗幟下各自發展了極具個性的詩風，將詩歌寫作推向更為廣闊的文化批判領域。其中楊黎日後又倡導觀念大於文字的「廢話詩」，成為當代中國先鋒詩壇的異數。而周倫佑從1980年代的解構式寫作到1990年代後的批判性紅色寫作，始終是先鋒詩歌的領頭羊，也幾乎是中國詩壇裡後現代主義的唯一倡導者。莽漢的萬夏（1962-）、胡冬（1962-）、李亞偉（1963-）、馬松（1963-）等無一不是天賦卓絕的詩歌天才，從寫作語言的意義上給當代中國詩壇提供了至為燦爛的景觀。其中萬夏與馬松醉心於詩意的生活，作品惜墨如金但以一當百；李亞偉則曾被譽為當代李白，文字瀟灑如行雲流水，在古往今來的遐想中妙筆生花，充滿了後現代的喜劇精神；胡冬1980年代末旅居國外後詩風更為逼仄險峻，為漢語詩的表達開拓出難以企及的遙遠疆域。以石光華（1958-）為首的整體主義還貢獻了才華橫溢的宋煒（1964-）及其胞兄宋渠（1963-），將古風與現代主義風尚奇妙地糅合在一起。

　　毫不誇張地說，川籍（包括重慶）詩人在1980年代以來的中國詩壇佔據了半壁江山。在流派之外，優秀而獨立的詩人也從來沒有停止過開拓性的寫作。1980年代中後期，廖亦武（1958-）那些囈語加咆哮的長詩是美國垮掉派在中國的政治化變種，意在書寫國族歷史的寓言。蕭開愚（1960-）從1980年代中期起就開始創立自己沉鬱而又突兀的特異風格，以罕見的奇詭與艱澀來切入社會現實，始終走在中國當代詩的最前列。顯然，蕭開愚入選為2007年《南都週刊》評選的「新詩90年十大詩人」中唯一健在的後朦朧詩人，並不是偶然的。孫文波（1956-）則是1980年代開始寫作而在1990年代成果斐然的詩人，也是1990年代中期開始普遍的敘事化潮流中最為突出的詩人之一，將社會關懷融入到一種高度個人化的觀察與書寫中。還有1990年代的唐丹鴻，代表了女性詩人內心奇異的機器、武器及疼痛的肉體；而啞石（1966-）是1990年代末以來崛起的四川詩人，以重新組合的傳統修辭給當代漢語詩帶來了跌宕起伏的特有聲音。

　　1980年代的上海，出現了集結在詩刊《海上》、《大陸》下發表作品的「海上詩群」，包括以孟浪（1961-）、默默（1964-）、劉漫流（1962-）、郁郁（1961-）、京不特（1965-）等為主要骨幹的較具反叛色彩的群體，和以陳東東（1961-）、王寅（1962-）、陸憶敏（1962-）等為代表的較具純詩風格的群體，從不同的方向為當代漢語詩提供了精萃的文本。幾乎同時創立的「撒嬌派」，主要成員有京不特、默默（撒嬌筆名為銹容）、孟浪（撒嬌筆名為軟髮）等，致力於透

過反諷和遊戲來消解主流話語的語言實驗。無論從政治還是美學的意義上來看，孟浪的詩始終衝鋒在詩歌先鋒的最前沿，他發明了一種荒誕主義的戰鬥語調，有力地揭示了歷史喜劇的激情與狂想，在政治美學的方向上具有典範性意義。而陳東東的詩在1980年代深受超現實主義影響，到了1990年代之後則更開闊地納入了對歷史與社會的寓言式觀察，將耽美的幻想與險峻的現實嵌合在一起，鋪陳出一種新的夢境詩學。1980年代的上海還貢獻了以宋琳（1959-）等人為代表的城市詩，而宋琳在1990年代出國後更深入了內心的奇妙圖景，也始終保持著超拔的精神向度。1990年代後上海崛起的詩人中最引人注目的是復旦大學畢業後定居上海的韓博（1971-，原籍黑龍江），他近年來的詩歌寫作奇妙地嫁接了古漢語的突兀與（後）現代漢語的自由，對漢語的表現力作了令人震驚的開拓。還有行事低調但詩藝精到的女詩人丁麗英（1966-），在枯澀與奇崛之間書寫了幻覺般的日常生活。

與上海鄰近的江南（特別是蘇杭）地區也出產了諸多才子型的詩人，如1980年代就開始活躍的蘇州詩人車前子（1963-）和1990年代之後形成獨特聲音的杭州詩人潘維（1964-）。車前子從早期的清麗風格轉化為最無畏和超前的語言實驗，而潘維則以現代主義的語言方式奇妙地改換了江南式婉約，其獨特的風格在以豪放為主要特質的中國當代詩壇幾乎是獨放異彩。而以明朗清新見長的蔡天新（1963-）雖身居杭州但足跡遍布五洲四海，詩意也帶有明顯的地中海風格。影響甚廣的于堅（1954-）、韓東（1961-）和呂德安（1960-）曾都屬於1980年

代以南京為中心的他們文學社，以各自的方式有力地推動了口語化與（反）抒情性的發展。

朦朧詩的最初源頭，中國最早的文學民刊《今天》雜誌，1970年代末在北京創刊，1980年代初被禁。「今天派」的主將們，幾乎都是土生土長的北京詩人。而1980年代中期以降，出自北京大學的詩人佔據了北京詩壇的主要地位。其中，1989年臥軌自盡的海子（1964-1989）可能是最為人所知的，海子的短詩尖銳、過敏，與其宏大抒情的長詩形成了鮮明對比。海子的北大同學和密友西川（1963-）則在1990年後日漸擺脫了早期的優美歌唱，躍入一種大規模反抒情的演說風格，帶來了某種大氣象。臧棣（1964-）從1990年代開始一直到新世紀不僅是北大詩歌的靈魂人物，也是中國當代詩極具創造力的頂尖詩人，推動了中國當代詩在第三代詩之後產生質的飛躍。臧棣的詩為漢語貢獻了至為精妙的陳述語式，以貌似知性的聲音扎進了感性的肺腑。出自北大的重要詩人還包括清平（1964-）、周瓚（1968-）、姜濤（1970-）、席亞兵（1971-）、胡續冬（1974-）、陳均（1974-）、王敖（1976-）等。其中姜濤的詩示範了表面的「學院派」風格能夠抵達的反諷的精微，而胡續冬的詩則富於更顯見的誇張、調笑或情色意味，二人都將1990年代以來的敘事因素推向了另一個高度。胡續冬來自重慶（自然染上了川籍的特色），時有將喜劇化的方言土語（以及時興的網路語言或亞文化語言）混入詩歌語彙。也是來自重慶的詩人蔣浩（1971-）在詩中召喚出語言的化境，將現實經驗與超現實圖景溶於一爐，標誌著當代詩所攀援的新的巔峰。同樣

現居北京，來自內蒙古的秦曉宇（1974-），也是本世紀以來湧現的優秀詩人，詩作具有一種鑽石般精妙與凝練的罕見品質。原籍天津的馬驊（1972-2004）和原籍四川的馬雁（1979-2010），兩位幾乎在同齡時英年早逝的天才，恰好曾是北大在線新青年論壇的同事和好友。馬驊的晚期詩作抵達了世俗生活的純淨悠遠，在可知與不可知之間獲得了逍遙；而馬雁始終捕捉著個體對於世界的敏銳感知，並把這種感知轉化為表面上疏淡的述說。

當今活躍的「60後」和「70後」詩人還包括現居北京的藍藍（1967-）、殷龍龍（1962-）、王艾（1971-）、樹才（1965-）、成嬰（1971-）、侯馬（1967-）、周瑟瑟（1968-）、安琪（1969-）、呂約（1972-）、朵漁（1973-）、尹麗川（1973-），河南的森子（1962-）、魔頭貝貝（1973-），黑龍江的桑克（1967-），山東的孫磊（1971-）宇向（1970-）夫婦和軒轅軾軻（1971-），安徽的余怒（1966-）和陳先發（1967-），江蘇的黃梵（1963-），海南的李少君（1967-），現居美國的明迪（1963-）等。森子的詩以極為寬闊的想像跨度來觀察和創造與眾不同的現實圖景，而桑克則將世界的每一個瞬間化為自我的冷峻冥想。同為抒情詩人，女詩人藍藍通過愛與疼痛之間的撕扯來體驗精神超越，王艾則一次又一次排練了戲劇的幻景，並奔波於表演與旁觀之間，而樹才的詩從法國詩歌傳統中找到一種抒情化的抽象意味。較為獨特的是軒轅軾軻，常常通過排比的氣勢與錯位的慣性展開一種喜劇化、狂歡化的解構式語言。而這個名單似乎還可以無限延長下去。

　　1989年的歷史事件曾給中國詩壇帶來相當程度的衝擊。在此後的一段時期內，一大批詩人（主要是四川詩人，也有上海等地的詩人）由於政治原因而入獄或遭到各種方式的囚禁，還有一大批詩人流亡或旅居國外。1990年代的詩歌不再以青春的反叛激情為表徵，抒情性中大量融入了敘述感，邁入了更加成熟的「中年寫作」。從1980年代湧現的蕭開愚、歐陽江河、陳東東、孫文波、西川等到1990年代崛起的臧棣、森子、桑克等可以視為這一時期的代表。1990年代以來，儘管也有某些「流派」問世，但「第三代詩」時期熱衷於拉幫結夥的激情已經消退。更多的詩人致力於個體的獨立寫作，儘管無法命名或標籤，卻成就斐然。1990年代末的「知識分子寫作」與「民間寫作」的論戰雖然聲勢浩大，卻因為糾纏於眾多虛假命題而未能激發出應有的文化衝擊力。2000年以來，儘管詩人們有不同的寫作趨向，但森嚴的陣營壁壘漸漸消失。即使是「知識分子寫作」的代表詩人，其實也在很大程度上以「民間寫作」所崇尚的日常口語作為詩意言說的起點。從今天來看，1960年代出生的「60後」詩人人數最為眾多，儼然佔據了當今中國詩壇的中堅地位，而1970年代出生的「70後」詩人，如上文提到的韓博、蔣浩等，在對於漢語可能性的拓展上，也為當代詩做出了不凡的探索和貢獻。近年來，越來越多的「80後詩人」在前人開闢的道路盡頭或途徑之外另闢蹊徑，也日漸成長為當代詩壇的重要力量。

　　中國當代詩人的寫作將漢語不斷推向極端和極致，以各異的嗓音發出了有關現實世界與經驗主體的精彩言說，讓我們

聽到了千姿萬態、錯落有致的精神獨唱。作為叢書，《中國當
代詩典》力圖呈現最精萃的中國當代詩人及其作品。第一輯收
入了15位最具代表性的中國當代詩人的作品，其中1950年代、
1960年代和1970年代出生的詩人各佔五位。在選擇標準上，有
各種具體的考慮：首先是盡量收入尚未在台灣出過詩集的詩
人。當然，在這15位詩人中，也有極少數雖然出過詩集，但仍
有一大批未出版的代表作可以期待產生相當影響的。在第一輯
中忍痛割捨的一流詩人中，有些是因為在台灣出過詩集，已經
在台灣有了一定影響力的詩人；也有些是因為寫作風格距離台
灣的主流詩潮較遠，希望能在第一輯被普遍接受的基礎上日後
再推出，將更加彰顯其力量。願《中國當代詩典》中傳來的特
異聲音為台灣當代詩壇帶來新的快感或痛感。

目次

第
一
輯｜河西走廊抒情

第二輯 ｜ 寂寞的詩

第三輯 ｜ 紅色歲月

第四輯｜野馬與塵埃

第五輯｜航海志

第六輯｜空虛的詩

第七輯｜好色的詩

第八輯 好漢的詩

河西走廊抒情

2005—2012

第一首

河西走廊那些巨大的家族坐落在往昔中，
世界很舊，仍有長工在歷史的背面勞動。
王家三兄弟，仍活在自己的命裡，他家的耙
還在月亮上翻曬著祖先的財產。

貴族們輪流在血液裡值班，
他們那些龐大的朝代已被政治吃進蟋蟀的帳號裡，
奏摺的鐘聲還一波一波掠過江山消逝在天外。

我只活在自己部分命裡，我最不明白的是生，最不
　明白的是死！
我有時活到了命的外面，與國家利益活在一起。

第二首

一個男人應該當官、從軍，再窮也娶小老婆，
像唐朝人一樣生活，在坐牢時寫唐詩，
在死後，在被歷史埋葬之後，才專心在泥土裡寫
　　博客。

在唐朝，一個人將萬卷書讀破，將萬里路走完，
帶著素娥、翠仙和小蠻來到了塞外。
他在詩歌中出現、在愛情中出現，比在歷史上出現
　　更有種。

但是，在去和來之間、在愛和不愛之間那個神秘的
原點，
仍然有令人心痛的裡和外之分、幸福和不幸之分，
如果歷史不能把它打開，科學對它就更加茫然。

那麼，這個世界，上帝的就歸不了上帝，凱撒的絕
　　對歸不了凱撒。
只有後悔的人知道其中的秘密，只有往事和夢中人
　　重新聚在一起，
才能指出其中十萬八千里的距離。

第三首

夜郎國的星芒射向古地圖的西端，
歷史正被一個巨大的星際指南針調校。

是否只有在做愛時死去，我們的這條命才會走神進
　　入別的命中？
我飄浮在紅塵下，看見巨大的地球從頭頂緩緩飛向
　　古代。

王二要回家，這命賤的人，這個只能活在自己命裡
　　的長工，
要回到祖先的原始基地去，唯一的可能難道只是他
　　女人的陰道？

哎，散漫的人生，活到休時，
猶如雜亂的詩章草就——我看見就那麼一刻，
人的生和死，如同一個句號向西夏國輕輕滾去。

第四首

河西走廊上的女人仍然待在自己的屬相裡，
她的夢中情人早已穿上西裝、叼上萬寶路離開了這
　　個國家。
唐朝巨大的爪子還在她的屋頂翻閱著詩集。

做可愛的女人是你的義務，
做不可愛的女人更是你推脫不了的義務。

說遠一點，珍珠和貝殼為什麼要分家，難道是為了
　　青春？
蛾、繭、蛹三人行，難道又是為了歲月？

遠行的男人將被時間縮小到紙上，
如同在唐朝，他騎馬離開長安走進一座深山，
如果是一幅水墨，他會在畫中去拜望一座寺廟，
他將看見一株迎風的桃花，並且想起你去年的臉來。

第五首

古代的美人已然遠逝，命中的情人依然沒有蹤影，
她們的鏡子仍在河西走廊的沙丘中幽幽閃爍。
所有逝去的美人，將要逝去的美人，
都只能在閱讀中露出胸脯、蹄子和口紅。

當宇宙的邊際漸漸發黃，古老的帝國趴在海邊
　　將王氏家族的夢境伸出天外，
在人間，只有密碼深深地記住了自己。

當翅膀記住自己是一隻飛鳥，想要飛越短暫的生命，
我所生活的世界就會被我對生與死的無知染成黑色。

而當飛鳥想起自己是一隻燕子，那麼此刻，
祁連山上正在下雪，燕子正在人民公社的大門前
　　低飛。

第六首

雪花從水星上緩緩飄向歐亞大陸交界處，
西伯利亞打開了世界最寬大的後院。
王大和王三在命裡往北疾走，一直往北，
　　就能走進祖先的隊列裡，就能修改時間，就能回到
　　邂逅之前。

歷史正等著我，我沉浸在人生的酒勁中，
我有時就是王大，要騎馬去甘州城裡做可汗。

風兒急促，風兒往南，吹往中原，
敦煌索氏、狄道辛氏，還有隴西李家都已越過淮
　　河，看不見背影。

我知道，古人們還常常在姓氏的基因裡開會，
一些不想死的人物，在家族的血管裡順流而下，
部分人來到了今天，只是我已說不出，
我到底是這些親戚中的哪一個。

第七首

我還沒有在歷史中看見我，那是因為歷史走在了我
　　前面。
回頭眺望身後的世界，祁連山上下起了古代的大雪。

祁連山的雪啊，遮掩著古代祖先們在人間的資訊，
季節可以遮蔽一些偉大朝代的生命跡象，時間也會
　　遮罩幸福！

但在史書的折頁處，我們仍能打開一些龐大的夢境，
夢境中會出現命運清晰的景象，甚至還能看見我前
　　妻的身影。
就是在今天，我還能指認：她活在世外，卻也出現
　　在別人的命中，
是塞上或江南某座橋邊靜靜開放的那朵芍藥！

當年啊，她抹著胭脂，為著做妻還是做妾去姑臧城
　　裡抓鬮，
天下一會兒亂一會兒治，但她出類拔萃，成了宋詞
　　裡的蝶戀花。

第
八
首

嘉峪關以西，春雨永遠不來，燕子就永遠在宋詞
　裡飛。
而如果燕子想要飛出宋朝，飛到今生今世，
它就會飛越居延海，飛進古代最遠的那粒黑點。

在中國，在南方，春雨會從天上淅淅瀝瀝降落人間，
雨中，我想看見是何許人，把我雨滴一樣降入塵世？
我怎麼才能知道，現在，我是那些雨水中的哪一滴？

祖先常在一個親戚的血管裡往外彈煙灰，
祖先的妻妾們，也曾向人間的下游發送出過期的
　信號，
她們偶爾也會在我所愛的女人的身體裡盤桓，
在她們的皮膚裡搔首弄姿，往外折騰，想要出來。

第九首

我知道政治可以娛樂生命，
政治可以通過民主或革命另外獲得一批新的、人造
　　的人民，
如同我們的文學流派可以通過新的觀念重新獲得一
　　批單細胞團隊。

然而，王大要永遠往北走，在互聯網徹底罩住世界
　　之前，
或者在互聯網消失之後，重新找到他當初出現的
　　原因，
重新找到他消逝的方位，找到他生前在世上快活的
　　真相。

我有時想，我還真不如跟著王大翻過祁連山，去敦
　　煌慕容家打工。
在瓜州城裡，我升官發財，為後人寫唐詩，
卻不想知道我為何要在自己的家族基因裡進出，
為何要在淡黃的漢字裡踟躕、在雪白的謝家寡婦窗
　　前徘徊？

我可以活得很緩慢，我有的是時間成為事實，我有
　的是時間成為假設，
我還隨時可以取消下一刻。

第十首

翻過烏鞘嶺，王大來到河西走廊，延續他家族的
　歲月。
他的男祖先被分成文和武，女祖先被分成治和亂，
因此在婚姻中，他的老婆們，被他分成了美和人。

如同在1983年，我蓄著分頭戴著眼鏡進入社會，
我要學習在美中發現人，在人中發現美，
但直接面對美女，我真的可能什麼都看不見。

這就是男人們熱愛女人，基本上是為了性的主要
　原因，
因為，如果死能遮罩生，那愛就會偷換掉我們的性。

而我如果想遠遠地看清生死，想用古代佳麗替換當
　代美女，
那我年輕時所有的色情和豔遇，所有的鍾情和失戀，
都是紮根於博大的理論而毫無實際指導意義。

如今，我清楚地知道，在生與死互相遮罩的世界上，
我們所愛的女人的胸脯，應該細分，分成乳和房，

如此的生命認識，使得我今兒個多麼的簡樸，多麼
的低碳！

第十一首

當政治犯收斂在暗號裡，雙手在世上掙著大錢，
當幹部坐在碉堡裡，胡亂地想著愛和青春，
當狐狸精輕輕走在神秘的公和母的分水嶺上，
我可以看清世界，卻看不出我和王氏兄弟有何差別！

在唐朝以前，隱士們仍然住在國家的邊沿，
河西走廊一片燈下黑。
在燈下，王氏兄弟曾研究過社會的基本結構——
自己、人民和政府，這三者誰是玩具，哪一件最
　　好玩？
政權、金錢和愛情，這三者，誰是寶貝，哪一樣最
　　燙手？

如今，政權的摩天大樓仍然在一張失傳的古地圖上
　　開盤，
我們可以讓行政和司法分開，讓蒼天之眼居中低垂，
但是，我卻仍然分不清今天的社會和古代的社會究
　　竟有何差別。

所以，我的祖國，從憲法意義上講，
我只不過是你地盤上的一個古人。

第十二首

焉支山頂的星星打開遠方的小門，
門縫後，一雙眼睛正瞧著王二進入涼州。

王二在時間的餘光中瞧見了唐朝的一角。
但如果他要去唐朝找到自己，要在那片時光裡拜訪
　故人，
並且，想在故人的手心重寫密碼，
月亮就會重新高掛在涼州城頭。

月亮就會照見一個鮮活的人物在往昔的命運裡穿行。
月亮在天上，王二在地上，燈籠在書中，
卻照不見他王二到底是誰、後來去了何方？

如同今夜，月亮再次升上天空，在武威城上空巡邏，
月亮照亮了街道、夜市和遊客，還照見了酒醒的我，
卻照不見那些曾經與我同醉的男女。

那一年，王二到了涼州，出現在謝家女子的生活裡，
如同單于的靈魂偶爾經過了一句唐詩。

如同在星空之下，
李白去了杜甫的夢中。

第十三首

燕子飛過絲綢之路，
燕子看不見自己是誰，也看不見王家和謝家的屋簷。

如果燕子和春天曾被祖先的眼睛在甘州看見，那麼
我在河西走廊踟躕，在生者與死者之間不停刺探，
是否也會被一雙更遠的眼睛所發現？

有時我很想回頭，去看清我身後的那雙眸子：
它們是不是時間與空間一起玩耍的那個同心圓？
是不是來者與逝者在遠方共用的那個黑點？

但謝家的寡婦在今兒晌午托來春夢，叫我打濕了
　內褲，
所以我想確認，如果那細眼睛的燕子飛越我的醉夢，
並在我酒醒的那一刻回頭，它是否就能看見熟悉的
　風景
並認出寫詩的我來？

第十四首

醉生夢死之中，我的青春已經換馬遠行。

在春夢和黃沙之後，在理想和白髮之間，在黑水河
　的上游，
我登高望雪，我望得見東方和西方的哲學曲線，
卻望不見生和死之間巨大落差的支撐點。

唉，水是用來流的，光陰也是用來虛度的，
東方和西方的世界觀，同樣也是用來拋棄的。
王二死於去涼州的路上，我們不知他為何而死，
當然，就是他在武威，我們也不知他為什麼活著。

在嘉峪關，我看見了衛星也不能發現的超級景色：
逝者們用過的時間大門，沒有留下任何科學痕跡，
從河西走廊到唐朝，其間是一扇理性和無知共用的
　大門，
文化和迷信一起被關在了門外。

在嘉峪關上，我看了一眼歷史：
在遙遠的人間，幸福相當短暫——
偉大也很平常，但我仍然側身站立，
等著為偉大的人物讓路。

第十五首

如果地球能將前朝轉向未來，我僅僅只想從門縫後
　　看清
曾經在唐朝和宋朝之間匆匆而過的那匹小小的白馬。

今天，我也許很在乎祖先留給我的那些多情的密碼，
也許更在乎他們那些逝去的生活，那些紅顏黑髮：
美臀的趙、豐乳的錢、細腰的孫和黑眼的李——
雖然她們仍然長著那些不死的記號，但我要問：
在河西走廊，誰能指出她們是遊客中走過來的哪
　　一人？

唉，花是用來開的，青春是用來浪費的，
在嘉峪關上，我朝下看了一眼生活：
偉大從來都很扯蛋——幸福也相當荒唐，
但我也只能側身站立，為性生活比我幸福的人讓路。

第十六首

人類最精彩的玩具是鏡子，鏡子最精彩的玩具是
　歲月。
歲月最精彩的玩具是國家，國家最精彩的玩具是
　政權。

政權最好玩的玩具是人民，人民最好玩的玩具是
　金錢。
金錢最好玩的玩具是歲月，歲月最好玩的玩具是
　生死。

幫派曾經是政府的童年，學校曾經是國家的青春，
社會也曾經是國家的鏡子，但真正的國家
絕對不知道，是誰發明了社會。

如同社會絕對不知道是誰發明了生活，生活
也絕對不知道是誰發明了學校，學校也絕對不知道，
是誰，發明了每一個人的光陰。

如同今天，我從鏡子最深處走出來，
根本不知道是誰發明了我。

第十七首

所有人的童年都曾在父母的家門前匆匆跑過，
我卻看不見那個童年的我，
如今去了何處？

他會不會已裝扮成別的生物，藏在月亮後面鳴叫？
是不是比現在的我還快活？我想知道，今兒，
他會在哪一本日記裡裝病、在哪一撥兒童裡眺望？
又會在哪一位少女的視野中消失？

如今，我跋涉在武威和張掖之間的戈壁上，行走在
　　時間的中途，
我騎在駱駝上，眺望祖先們用過的世界──
世界，仍然是一片漠然之下的巨大漠然。

姑臧城外，蚯蚓在路邊生銹，
短鬚蟋蟀將頭探出城牆，正在給古代的兒童撥手機。

今兒啊，又有誰的童年，正在從他父母的門縫前
　　跑過？
他還是騎著那匹小小的白馬，比兔子和烏龜加在一
　　起跑得還快！

第十八首

在中國，很早就有一個隱形政府在漢字裡辦公，
用一套偉大的系統處理著人間的有和無，
用典籍和書法、用詩詞歌賦處理我們的風花雪月。

但是，還有一個更加偉大的政府，它高高在上
處理著我們的內心，處理著我們的前世和今生。

所以我一直說不清，我曾在哪一個朝代裡從軍，在
　哪一座城池裡戀愛，
後來，又在哪一朝政府中揮霍掉了青春？我始終想
　不起，
我究竟在哪一個民族打烊時，看見過一個我熱愛過
　的身影。

在河西走廊，在嘉峪關上，我只能看見
時間留下了巨大的十字路口，在這裡
所有朝代都找不到自己在人間的位置，
國家都是路邊店。

第十九首

如果月亮穿過書中淡黃的世界，剛好照亮了一段熟
　　悉的日子，
如果我走進那段日子裡面，想起自己曾是王二的
　　舊友，
我也不會放下酒杯，攤開手掌將密碼對照和查閱。

如果歷史已遠逝，未來又來得太急促，那我何須
　　知道——
曾經的某人是否就是現在的我，現在的我又會是今
　　後的誰？

如果我的青春也行走得太快，我還不如讓它停下來，
在河西走廊的中途，讓它捲起一陣兒塵埃，
或者，我還不如翻過祁連山找友人喝酒去。

如果今夜我已經走出某段光陰，出現在張掖，坐在
　　酒桌邊大醉，
那麼，即使王二早已從甘州出發，在塵埃後出現，
　　裂嘴露出笑臉，
他也只是一個陌生的遊人，一個誰也不認識的酒客！

唉，今夜，在王二的醉夢中，或者，在我背後的那
　　片夜空裡，
有一隻眼睛在伊斯蘭堡，有一隻眼睛在額爾古納——
有人正在天上讀著巨大的亞洲。

第二十首

我的朋友們心憂天下，帶著新的世界觀出門，
想要在這個世界上找到一條正道，走出一些動靜，
我也一樣，胸懷世界，漠視世界，也為世界所漠視。

這何嘗不是王氏兄弟還在河西走廊的夢境裡折騰？
我的親戚張三，在政府中進出的時間比短信還短，
他在網路中縱橫，正在重新發明民主，
我的鄰居李四，一直生活在帳戶裡，想要用金錢買
　　下部分社會。

還有，我的結拜兄弟王二，天生俊傑，懷揣著政治
　　夢想，
此刻正駕車出門，去官場，接受政治的漠視。

同樣，在祁連山中，在亞洲的十字路口，
在唐朝，涼州總管王大打開了戶籍，紙上正在下雪，
雪地上，有人辭官歸故里，也有人連夜赴考場。

第
二
十
一
首

在我丟失的那本日記裡，密碼正在修改自己，
但我仍然相信會有神奇的一刻，能讓歲月
重新洗牌，能讓一段歷史停下，
讓某些人物進去，重溫自己已經忘掉的某一刻。

烈日下，甘肅省越來越清晰，
我看見拓跋家已經換了主人，王三還在機密中打
　　瞌睡，
官員們正在紅頭文件中查看自己被砍掉的首級。

敦煌城裡，獨孤家的老爺還在做人，既做貪官又做
　　能吏，
今夜，他從密碼中走出來看見了互聯網。

但是，就在今夜，仙女座在遠空對著遊客的帳篷幽
　　幽微笑，
鳴沙山上，大眼蝙蝠在月下梳妝，
宋詞裡，寂寞的女人在大聲歎息。

第二十二首

如今，我從人生的酒勁兒中醒來，
看見我所愛的女人，正排著隊
去黃臉婆隊伍裡當兵。

窗外，經理們正管理著我們的今生，
指數也正要接管人類的未來，
哎，就在今天，我仍然看見一位白膚美人，
穿著制服，走在命中！
卻也恍若走在世外！

光陰似箭，日月如梭。
時間一塊一塊飄回古代，
彷彿斑駁的羊群，正無聲地湧入佛法，
所有的歷史，正向著宇宙的深處輕輕地坍塌。

第二十三首

在人類的上游，河西草原上只有夢境龐大的遠行者
　零星經過，
在那時，預言和報應還很準確，
先知、巫婆還很多，很勤奮，他們認真處理著人間
　的雜務。
時間還很長，長得沒有邊際，正在準備變成歷史。
銅還在等著哲學。

那時的我和現在的我一樣，最遠只能看到銀河系。

那時的我，不知道自己是什麼樣的生命，在春天
我會成為雨水在無邊的人間慢慢地下，輕輕地蒸
　發，緩緩地飛升，
那時的我，還曾回頭看了看居延海，低頭看了看
　人生，
想看清自己沒被蒸發掉的那幾滴。

第二十四首

那時，做夢也是真的，第二天消息就會傳來，
那時，北方的小國還在夢中吃奶，宰相還在鄉下
　　寫詩。
鐵還沒有形成現在的邏輯，
只有水果在等著自己變得越來越可愛。

那時的我，也和現在的我一樣，能到達的最近地方
　　就是走進自己的夢裡。

在舊的地方消逝，在新的地方出現，恍若又過了
　　一生，
人的一生也如同在夢中進出，每一次醒來背後都會
　　有熟悉的聲音。

只是，今兒個，唐朝的謝家寡婦不會再回頭看我，
李白也離開杜甫的夢境，去了月亮上沒被太陽照著
　　的地方。

只是啊，今兒個，王三從歷史中走了出來，
此刻正站在嘉峪關上，正遠眺古代的我。
但歷史越來越模糊，大地越來越清晰，
時間越來越短，短得分不開，成了黑點，成了現在。

附錄

河西走廊抒情

我一直希望詩歌能被盡可能多的人讀懂——包括不愛讀書看報、也不喜歡上網查閱資料的讀者。所以在寫作《河西走廊抒情》的過程中,我把思路所觸及的一些材料、部分詩句出現時一些可有可無的景象甚至某種關聯一一羅列成條,呈現於後,以使我的創作思路和行文手段得以暴露,儘量將晦澀亮開,儘量將玄虛坐實。

我想說明,我不認為這是注釋,我把它看成是我創作每一首詩時隱顯其中或緊跟其後的無形的書簽。所以我不把它叫注釋,而叫箋。

李亞偉2012年仲春

附
錄

箋

第一首

*姓氏是另一種基因。王姓在中國姓氏裡頗具代表性。
該姓氏主要有如下幾個來源：

1 商王文丁子比干（紂王之叔）死後葬於朝歌附近，
其後人居此守陵，世人稱為「王家」。其後代遂以
為姓。

2 周靈王太子晉被廢為庶人，其後代改姓王。太原王氏
和琅琊王氏逐漸成了這一支的名門，晉朝時期琅琊王
氏等中原大族南遷，稱為衣冠南渡，為歷史上最著名
的家族遷徙事件。太子晉也成為王姓最重要的得姓始
祖之一，天下王姓十之七八出自太子晉。

3 戰國齊王田建亡國失位，其孫田安參與項羽反秦，被
封為濟北王。及項羽敗，田安失去王位。其子孫以此
為紀念，改姓王氏。

此外，還有鮮卑可頻氏、羌族鉗耳部、高麗王
族、回紇王族、西域胡支姓、滿族完顏氏、蒙古王族
及耶律氏等，入中原後，也有改為王姓的。大概都因
曾是王族之後，或與王族沾邊，而號曰王氏。

第二首

＊素娥、翠仙，作者杜撰的古代女子名。作者兒時見
過一些山裡女孩，大都被家裡取了類似名字。這些
頗具道家色彩的女子姓名，千百年來似乎一直在努
力遺傳中國古代女子的容姿神態。「文革」前後開
始發生改變。

　　小蠻，中國名腰。見唐孟棨《本事詩》：「白尚
書姬人樊素善歌，妓人小蠻善舞，嘗為詩曰：『櫻桃
樊素口，楊柳小蠻腰』。」在白居易自選集裡查不到
這首詩，但白在給好友劉禹錫的一首詩中有：「攜將
小蠻去，招得老劉來」句，白居易自注說：「小蠻，
酒榼也。」又，白居易《夜招晦叔》詩有「高調秦箏
一兩弄，小花蠻榼二三升」句。我相信白居易的白
紙黑字—小蠻不是他家的舞姬，而是酒具。當時盛行
西方文化（波斯或阿拉伯），「蠻」差不多就是現代
的「洋」，不應把小蠻的腰理解為洋妞的腰。「小蠻
腰」就是和「葡萄美酒」一起舶來（馱來）的並與之
配套使用的酒具。再看看白居易的《長安道》：

　　花枝缺處青樓開，豔歌一曲酒一杯。
　　美人勸我急行樂，自古朱顏不再來。
　　不見外州客，
　　長安道，一回來，一回老。

美女、美酒、白居易。歌一曲，酒一杯。真實。

**見《聖經》新約。凱撒的歸凱撒，上帝的歸上
帝——應是耶穌對俗世生活和靈性生命如何結合的
一個智慧的解釋。新約・瑪爾谷福音：

後來，他們派了幾個法利塞人和黑落德黨人
到耶穌那裡，要用言論來陷害他。他們來對
他說：「師傅，我們知道你是真誠的，不顧
忌任何人，因為你不看人的情面，只按真理
教授天主的道路。給凱撒納丁稅，可以不可
以？我們該納不該納？」耶穌識破了他們的
虛偽，便對他們說：「你們為什麼試探我？
拿一個德納來給我看看！」他們拿了來。耶
穌就問他們說：「這肖像和字型大小是誰
的？」他們回答說：「凱撒的。」耶穌就對
他們說：「凱撒的就應歸還凱撒，天主的就
應歸還天主。」他們對他非常驚異。

還想起凱撒在小亞細亞吉拉城中的一句名
言：「我來了，我看見，我征服。」

第三首

*夜郎國存在的時間上限至今難以確定，下限則在約西元前27年。這一年，夜郎王興同脅迫周邊22邑反叛漢王朝，被漢使陳立所殺，夜郎也隨之被滅。此後，夜郎作為國家不再見於史載。

晉朝曾在今貴州北盤江上游設置過夜郎郡，時距夜郎滅國已300多年。李白所說的夜郎，為唐玄宗天寶年間在今貴州桐梓一帶所設的夜郎郡，時間上距夜郎滅國已700多年了。

到底誰是夜郎古國的立國主人？本人在查閱大量相關史料後發現，在大夜郎範圍內聚居時間最長、人口最多的苗族和彝族都有外來者的嫌疑，史籍中一直是一團迷霧。

**1032年，拓跋氏夏主李元昊繼夏國公位，第二年開始西夏年號。在佔據瓜州、沙洲、肅州之後，西夏領有莫高窟。從夏景宗到夏仁宗，西夏皇帝多次下令修改莫高窟。從其《千手千眼觀世音像》等裡面的《農耕圖》、《踏碓圖》、《釀酒圖》與《鍛鐵圖》中可清晰地觀察到西夏人的生活內容。

1227年末代夏主李睍投降蒙古人後按照成吉思汗遺囑被殺，西夏王族滅族，西夏滅亡。蒙古將領察罕入城安撫住了城內軍民，使銀川避免了屠城的命運，西夏的軍民得以保全。但西夏暫態灰飛煙滅，其文字到明朝以後也成為無人識讀的死亡文字。

第四首

*屬相，意指中國傳統。萬寶路，指1980年代開始再度進入中國的西方文化。只不過這次西方文化是從海上經中國東南沿海進入內地，河西走廊成了荒蕪的後院走廊。

**將唐朝不同時期地圖用幻燈播放，看上去很像不停伸出和收攏的爪子——中原是手掌，安西、北庭、漠北等手指伸縮處誕生了唐代邊塞詩。眾多當時的知識分子親身參與戰爭，形成了邊塞詩這種世上絕無僅有的龐大而又精緻的暴力美學。

***唐崔護詩《題都城南莊》：

去年今日此門中，人面桃花相映紅。
人面不知何處在，桃花依舊笑春風。

第五首

*還是想起了女人和她們的屬相。

**劉禹錫詩《金陵五題》的第二首：

朱雀橋邊野草花，烏衣巷口夕陽斜。
舊時王謝堂前燕，飛入尋常百姓家。

烏衣巷地處金陵南門朱雀橋附近，為東晉王、
謝等世家巨族聚居之處。記得美國當代詩人肯尼
斯·雷克斯羅斯（Kenneth Rexroth 中文名王紅公）
曾將此詩的後二句譯寫為：「從前公爵府門前的燕
子，如今飛進了石匠和伐木工家中。」

第六首

*發祥於大興安嶺的鮮卑人，僅兩晉南北朝時期，其內遷的部族慕容氏、乞伏氏、禿髮氏、拓跋氏、宇文氏等就建立過十多個政權。錫伯、須卜、師比、席百、犀毗、史伯等都應為鮮卑。西伯利亞應為鮮卑利亞，古鮮卑人的地方。

**甘州，即今天的甘肅省張掖市，「甘肅」首字即源於此。古甘州位於河西走廊腹地、絲綢之路南北兩線和居延古道交匯點上，有「塞上江南」之美譽。古詩有云：「不看祁連山上雪，錯把甘州當江南。」

***狄道：現今的臨洮縣，距蘭州以南幾十公里遠，美女貂蟬的老家。但這個臨洮容易被混淆。比如「北斗七星高，哥舒夜帶刀；至今窺牧馬，不敢過臨洮。」一詩中的「臨洮」，卻是現在的甘肅省岷縣。

****均為敦煌一帶著名大家族，其中曾建立西涼政權的李氏為李廣後人，以隴西為其郡望。

第七首

*最早用的是「塗脂抹粉」一詞，感覺太動。後改為「抹著胭脂」，安靜了。

**姑臧，今武威。曹魏時置涼州，以姑臧為治所，這是姑臧為涼州州治之始。後涼時西方高僧鳩摩羅什曾在此地講經，大興佛教，以佛教為載體的西方文化廣泛傳播進中土。唐代岑參有詩云：

　　彎彎月出掛城頭，城頭月出照涼州。
　　涼州七里十萬家，胡人半解彈琵琶。

***姜夔詞《揚州慢》有云：

　　淮左名都，竹西佳處，解鞍少駐初程。
　　過春風十里，盡薺麥青青。
　　自胡馬窺江去後，廢池喬木，猶厭言兵。
　　漸黃昏，清角吹寒，都在空城。

　　杜郎俊賞，算而今、重到須驚。
　　縱豆蔻詞工，青樓夢好，難賦深情。
　　二十四橋仍在，波心蕩、冷月無聲。
　　念橋邊紅藥，年年知為誰生！

****蝶戀花，原為唐教坊曲，調名取義南朝梁簡文帝
「翻階蛺蝶戀花情」句。又名《鵲踏枝》、《鳳棲
梧》等。

第八首

*敦煌屬極乾旱大陸性氣候，終年乾燥少雨。作者身臨
 其地時卻多次想起了江南雨中燕子的景觀，並憶起了
 宋人晏幾道的《臨江仙》。詞云：

> 夢後樓臺高鎖，酒醒簾幕低垂。
> 去年春恨卻來時，
> 落花人獨立，微雨燕雙飛。
>
> 記得小蘋初見，兩重心字羅衣，
> 琵琶弦上說相思。
> 當時明月在，曾照彩雲歸。

**居延海是古弱水（黑水河、額濟納河）的歸宿。居延
 為匈奴語，《水經注》中將其釋為弱水流沙。在漢代
 時曾稱其為居延澤，魏晉時稱之為西海，唐代起稱之
 為居延海。《史記・匈奴列傳》中記載：「（漢）使
 強弩都尉路博多築城居延澤上。」同年發戍甲卒18萬
 到河西，設居延、休屠兩都尉，後又在這裡設郡立
 縣，南北朝時為柔然所占，隋唐時屬突厥，宋代為西
 夏統治，元代稱「亦集乃路」，在居延要塞設立「亦
 集乃路總管府」，統領軍政事務。
 　　西元737年，王維以監察御史的身分赴西河節度
 使府慰問將士，有詩《使至塞上》：

單車欲問邊，屬國過居延。

征蓬出漢塞，歸雁入胡天。

大漠孤煙直，長河落日圓。

蕭關逢候騎，都護在燕然。

***寫到此處，想起了《敦煌曲子詞》：

傻俊角，我的哥，拿塊黃泥捏咱兩個。

捏一個兒你，捏一個兒我，捏得來一似活托，

捏得來同床歇臥。

將泥人摔破，著水重和過。再捏一個你，再捏

一個我，

哥哥身上有妹妹，妹妹身上有哥哥。

　　這應該是很早就在西北一帶流傳的民謠，我相
信是受古代西方（波斯或阿拉伯一帶）影響出現
的。至少我在波斯詩人莪默‧伽亞默（或譯作奧馬
爾-哈亞姆）寫的那些燒陶的詩句裡見過類似意象。
見《魯拜集》（或譯作《柔巴依集》）。

第九首

*神造人之後，宗教開始培養各種信仰的信徒。資產階級革命之後，黨派和政府開始製造各種規格的人民。

**慕容姓在宋版《百家姓》中排序為第四百三十六位，在複姓中排序為第二十八位。慕容本是鮮卑族的一個部落名稱，三國時其首領莫護跋率族人遷至遼西建國，號鮮卑。西晉時，慕容氏族人建立了燕國，正式以慕容為姓氏。在東晉到十六國時期，慕容氏燕國曾鼎盛一時，在北方建有前燕、後燕、南燕、西燕等國。敦煌後來成為慕容姓之主要郡望之一，

***五代歸義軍時期，慕容家的慕容歸盈為瓜州刺史。

第十首

*烏鞘嶺是河西走廊和隴中高原的天然分界，也是乾旱
區向半乾旱區過渡的分界線，並且是東亞季風到達
的最西端。其年均氣溫－2.2℃，明代時就叫「分水
嶺」，志書對烏鞘嶺有「盛夏飛雪，寒氣砭骨」的記
述。林則徐在《荷戈紀程》中描述了他經過烏鞘嶺時
的情景：「八月十二日，……又五里烏梢嶺，嶺不甚
峻，惟其地氣甚寒。西面山外之山，即雪山也。是日
度嶺，雖穿皮衣，卻不甚（勝）寒」。

　　漢霍去病率軍出隴西擊匈奴，收河西入西漢版
圖，曾築長城，經莊浪河谷跨越烏鞘嶺。

**那一年，作者開始學習追逐異性。

第十一首

*作者正在撰寫《人間宋詞》一書，其中關於《宋江－
念奴嬌》一文分析了體制外人物對官家體制的矛盾心
理－政府機關（衙門）對歷代體制外的強悍人物來說
都如同堡壘，進入堡壘的正常途徑大抵只能是被派遣
去駐守，很難從外打進去：「對江湖人（比如知識
分子兼反賊宋江）來說，體制是無情的，尤其是你曾
經屬於體制內，一旦被體制拋棄，就暗示了你一生的
坎坷和險惡。一個有理想的人——不管是為民還是為
己，常常會被迫選擇去豪賭一把。被迫，說明其賭具
是血性，其賭本是生命。」

**中國上古時期就有狐的圖騰崇拜，塗山氏、純狐
氏、有蘇氏等部族都屬狐圖騰族。《吳越春秋》載
白色九尾狐喚醒了一心治水的大禹的性意識，使他
生下了兒子啟。狐狸在先秦兩漢與龍、麒麟、鳳凰
一起並列四大祥瑞之一，漢代石刻畫像及磚畫中，
也常有九尾狐與白兔、蟾蜍、青鳥並列於西王母座
旁，以示禎祥。可見狐狸最早是以祥瑞的正面形象
出現的。

　　《太平廣記》中《狐神》條云：「唐初以來，
百姓皆事狐神，當時有諺曰：『無狐魅，不成
村。』」唐代以後，如《容齋隨筆》、《聊齋志
異》等志怪小說，更是將狐狸描寫成了生活中多情
善感、人性十足的美妖。

　　但中國社會一直有一支強大的力量—道德家，他們也很早就將狐狸的特徵定性為色情，將性感迷人的女性稱為狐狸精，原因是美色對以帝王為代表的權力男性極具魅惑。在正統社會裡，道德家必定勝出。其實，人類所有對永恆、不朽的努力，全是文化煙霧，迄今為止只有一條自然法則，那就是兩性的繁衍。所以作者更喜歡《詩經》中狐的隱義，很純粹，很動人，那就是性愛的吸引。

第十二首

*焉支山，又名燕支山、胭脂山、大黃山。匈奴首領的
妻子都出在這個地方，有詩云：「胡馬，胡馬，遠放
燕支山下。」山下生活著大月氏人、烏孫人和塞種人
等土著居民，這些居民的祖先，可以遠追到原始社會
時期的三苗人，他們在中原的部落衝突中戰敗，就遠
徙到這塊當時被稱做「西戎地」的地方。匈奴人也留
下了詩歌：「失我祁連山，使我六畜不蕃息。失我焉
支山，使我婦女無顏色。」

　冒頓單于引兵打敗了當時的河西走廊霸主大月
氏，把大月氏首領的頭顱割下來，鑲上了寶石做為飲
酒的器皿。

　號稱世界藝術圈第一紅人的英國前衛藝術大師達
明·赫斯特（Damien Hirst）做過一件白金鑽石骷髏頭
骨的作品，該作品以1億美元的天價售出。

**武威，漢驃騎大將軍霍去病征河西，敗匈奴，為彰
其武功軍威而名之，治所在姑臧。自漢武帝開闢河
西四郡始，歷代王朝曾在這裡設郡置府，東晉十六
國時，前涼、後涼、西涼、南涼、北涼等國和隋末
的大涼政權先後在此建都，在很長一段時間裡，武
威都是長安以西的大都會、中西交通的咽喉、絲綢
之路的重鎮和民族融合的婚床。

***杜甫詩《夢李白》中有「三夜頻夢君」一句。三，
虛指，描述杜甫一段時間裡經常夢見李白。

第十三首

*關於託夢，地藏經中有如是說：

　　若未來世諸眾生等，或夢或寐，見諸鬼神乃及諸形，或悲或啼、或愁或歎、或恐或怖。此皆是一生十生百生千生過去父母、男女弟妹、夫妻眷屬、在於惡趣，未得出離，無處希望福力救拔，當告宿世骨肉，使作方便，願離惡道。普廣！汝以神力，遣是眷屬，令對諸佛菩薩像前志心自讀此經，或請人讀其數三遍或七遍。如是惡道眷屬，經聲畢是遍數，當得解脫；乃至夢寐之中，永不復見。

第十四首

*黑水河,又叫黑河,即弱水。中國第二大內陸河,流
　入居延海。由於生態等原因,居延海曾徹底乾涸,成
　為西部中國地區繼羅布泊之後第二大乾涸湖泊。2003
　年黑水河再次流入居延海,恢復了部分水面,

**武威即古涼州。

第十五首

*見成語「白駒過隙」，出自《莊子・知北遊》：「人
　生天地之間，若白駒之過卻，忽然而已。」

**《百家姓》之最前面四個姓氏。

第十六首

*鏡，《說文》取景之器也。《釋名》鏡，景也。言有
光景也。《玉篇》鑑也。《詩·邶風》：我心匪鑑。
《莊子》：衛靈公有妻三人，同鑑而浴。徐灝曰鑑，
古祇作堅，從皿以盛水也。其後範銅為之，而用以照
形者，亦謂之鑑，聲轉為鏡。

第十七首

*見《伊索寓言》之龜兔賽跑。亦可查閱古希臘哲學家
芝諾關於「阿基里斯追不上烏龜」著名的悖論。此悖
論與本詩創作時相關的意象點是：烏龜製造出無窮個
起點，牠總能在起點與自己之間製造出一個距離。其
要點是：兩個彼此分離的不同的時空點；時空的無限
可分性。否認時空之間的互相聯繫，進而即可否認運
動的真實性。

第十八首

*從大西洋東岸的撒哈拉沙漠經阿拉伯半島、伊朗高原、蒙古草原到毗鄰太平洋西岸的大興安嶺,是地球上最大的一條連綿起伏的乾旱帶。乾旱帶上生活著遊牧民族,乾旱帶的兩側——西段的北邊(歐洲諸國)和東段的南邊(印度、中國等)是農業社會(猶如太極圖)。這條乾旱帶是從遠古到近代人類活動最繁忙的一條大通道,世界上各種先進文明都在這條乾旱帶上面傳播,各民族血緣都在這條通道上融合。猶如航海時代之後的麻六甲,在游牧和農耕時代,河西走廊堪稱世界第一個重要的十字路口。

第十九首

但丁《神曲》有「在人生旅程的中途」句。

第二十首

*想起了重新發明輪子的譬喻。如今,輪子出現了很多
  品牌,比如米其林輪胎等。民主也是。

**《儒林外史》中有「有人辭官歸故里,有人漏夜趕
  考場」句。

第二十一首

*作者在二十三四歲時，在一個夏天的中午，曾夢見過
一個美麗無比的海灣。海水、藍天、鴿子和白色的異
域建築等，非常清晰、明媚，相當溫暖、熟悉。夢醒
前宛然感覺有人告訴我，那是另一片時間，那裡有我
熟悉的人，但在很早以前便已經消逝了。

**西元493年，魏孝文帝拓跋宏遷都洛陽並改姓
「元」。534年，宇文泰毒死魏出帝，立元寶炬為
帝，宇文泰為丞相，開始挾天子以令諸侯。

***西魏行台度支尚書蘇綽為宇文泰設計國家改革，頒
行了戶籍制度和計帳制度，改變公文格式，規定朝
廷發出的文書用紅色筆書寫，算是「紅頭文件」的
發明者。

****史載宇文泰和蘇綽有一次對話，很有名，大致
如下：

宇文泰問：國何以立？蘇綽曰；用官啊。
問：怎麼用官員？曰：用貪官，棄貪官。
問：為何要用貪官？曰：沒有好處則
官員不忠，但官多錢少，怎麼辦？給他們
權，以權謀利，官必爽。問：好啊！但是，
既然用貪官，為何又要棄之？曰：貪官必
用，又必棄之，此乃權術之密奧也。天下無

不貪之官。我們害怕的是不忠也。凡不忠的
官，異己者，就以反貪之名棄之。

　　問：所用的全是貪官，民怨會沸騰哦，
怎麼辦？曰：不斷下文件批判貪污，使朝野
皆知你很恨貪官，使草民皆知你是明君，壞
法度全是貪官也，國之不國，非君之過，
乃官吏之過也，如此，則民怨可消也。又
問：如果有很大的貪官，民怨憤恨到極
點，怎麼辦？曰：殺之可也。抄家，沒
財，如是，則民怨息，頌聲起，沒收其財
以充官用，此乃千古帝王之術也。

*****獨孤信，本名獨孤如願，史書上描寫他「美容
儀，善騎射」，說他少年時代講究穿戴，在軍營
之享有「獨孤郎」之美稱。後因治績突出，被西
魏權臣宇文泰賜名為信。他是西魏威震四方的一
代名將，因戰功卓著，與丞相安定公宇文泰、廣
陵王元欣、趙郡公李弼（李密曾祖父）、隴西公
李虎（李淵祖父）、南陽公趙貴、常山公于謹、
彭城公侯莫陳崇並為八柱國。「當時榮盛，莫與
為比」，並且福蔭諸子，他的五個兒子分別被封
為公、侯、伯等貴族爵位。歷史上有三位獨孤皇
后，均是獨孤信的女兒，長女獨孤氏為北周世宗
明皇帝宇文毓之妻，四女為唐高祖李淵之母；七
女為隋文帝楊堅之妻。

******仙女座可以很容易地從仙后座和北極星間的連線上找到它。仙女座最著名的應該是M31星系，它是銀河外星系，是肉眼可見的最遠的天體。它曾一度被認為是星雲，直到1924年其星系的身分才被哈勃確定下來。目前的觀測認為仙女座星系正以每秒300公里的速度朝向銀河系運動，在30-40億年後可能會撞上銀河系。

在希臘神話中，安德羅梅達是國王克甫斯和王后凱西奧佩婭的女兒。其母凱西奧佩婭因不斷炫耀自己的美麗而得罪了海神波塞冬之妻安菲特里忒，安菲特里忒要波塞冬替她報仇，波塞冬遂派鯨魚座蹂躪依索匹亞，克甫斯大駭，請求神諭，神諭揭示解救的唯一方法是獻上他們的女兒。於是安德羅梅達被她的父母用鐵鏈鎖在了鯨魚座所代表的海怪經過的一塊巨石上。後來英雄俄爾修斯拿出蛇髮魔女美杜莎的人頭，將鯨魚座石化，並殺死海怪，救出了她。之後安德羅梅達替珀耳修斯生下六個兒子，其中包括波斯的建國者Perses及斯巴達王王廷達柔斯的父親Gorgophonte。

第二十二首

*古人以日月星辰確定時間和方位，進而得到了宇宙的
概念，依據天上的標識從宏觀上得以認知人類的時間
和空間。因而，古人習慣於把大地叫做天下。既然我
們探究人類社會的視角來自天上，那麼，地上的終極
問題都將仰仗上天定奪。同樣，哪兒來哪兒去，人類
使用過的時間、空間等一切大器物遲早也都將交還給
天上。

第二十三首

*夏朝已經開始使用鍛錘出來的銅。1957年和1959年兩
次在甘肅武威皇娘娘台的遺址發掘出銅器近20件，
經分析，銅器中銅含量高達99.63%～99.87%，屬於紅
銅，即天然銅。1933年，河南省安陽殷虛發掘中，發
現重達18.8千克的孔雀石，直徑在1寸以上的木炭塊、
陶制煉銅用的將軍盔以及重21.8千克的煤渣，呈現了
3000多年前人類從礦石取得銅的過程。史家稱這個時
期為青銅時代。戰國時代的著作《周禮・考工記》輯
錄了熔煉青銅的經驗，記錄了青銅鑄造各種不同物件
所採用銅和錫的不同比例：

　　金有六齊（方劑）。六分其金（銅）而錫居一，
謂之鐘鼎之齊；五分其金而錫居一，謂之斧斤之齊；
四分其金而錫居一，謂之戈戟之齊；三分其金而錫居
一，謂之大刃之齊；五分其金而錫居二，謂之削殺矢
（箭）之齊；金錫半，謂之鑑（鏡子）燧（利用鏡子
聚光取火）之齊。

**想起了李白的「疑是銀河落九天」，想起了古希臘
　人將銀河叫做「牛奶路」，想起了河的兩岸還住著
　牛郎和織女。

第二十四首

*1973年在河北省出土了一件商代帶鐵刃的青銅鉞,表明中國人早在3300多年以前就認識了鐵,且熟悉了鐵的鍛造性能。把鐵鑄在銅兵器的刃部,加強銅的堅韌性,又表明他們識別了鐵與青銅在性質上的差別。經鑑定,證明鐵刃是用隕鐵鍛成的。中國最早人工冶煉的鐵是在春秋戰國之交出現的。從江蘇六合縣春秋墓出土的鐵條、鐵丸,以及河南洛陽戰國早期灰坑出土的鐵錛均能確定是中國迄今為止最早的生鐵工具。鐵的發現和大規模使用,是人類發展史上的一個里程碑,它把人類從石器時代、銅器時代送進了鐵器時代,埃及第五王朝至第六王朝的金字塔所藏的經文中,記述了太陽神等重要神像的寶座是用鐵製成的。鐵被那時的埃及人認為是神秘的金屬,他們把鐵叫做「天石」。在古希臘文中,「星」和「鐵」是同一個詞。

第一輯

寂寞的詩

2001

我飛得更高

我飛得更高，俯臨了亞洲的夜空，我心高氣傲！
人間在渤海灣蒸騰，眾多的生命細節形同狂想
我在晴朗的人生裡周遊巡迴，在思念裡升起，觸到
　　了火星的電波
我發燒的頭腦如同礦石，撞擊著星空中的行星環
穿過夜生活發狂地思念著消逝的大西洲女人

我飛得更遠，流星狂哭而過，祖國渺小如村
我是神仙，在政治和消費裡騰雲駕霧，我不是物種！
悔恨曾把受傷的朋友送到最遠的地方隱居，像一匹
　　戰馬在太陽系環形山上吃草
我仍在眾星彙聚的天空飄遊，思考著末日，打著遠
　　光燈燈一直往南
並對著地心哭泣，以懷念我從未搞過的風騷情人

她是遠古大西洲上的半人、雜交人，是正在收縮的
　　太陽裡的河床
她的家鄉是性的邊緣，是尼尼微常數，是水星上的
　　大紅斑
她是狂歌與亂夢裡美女的胚芽，大西洲是愛和恨之
　　間小小的渡假村！

舊社會的夜明珠照著偏僻的書頁，照著反政治和商業

一隻流氓天牛正在小學校進化成兒童，在人間的冷
　　戰期換乳牙

黑夜垂下了敵國最深邃的眼簾，我仍在亂飛，撞響
　　著仙女偷人的窗戶

此時，亞洲、山峰、沙漠、太平洋在貓頭鷹的眼中
　　漸漸變成如今的世界

我正酒醒，在遠東的樓群裡獨自寫詩，用又粗又黑
　　的筆寫著瘋狂的生活

我的瘋狂是東方歷史最深處我叔叔出門殺人的匆匆
　　腳步聲

此時，我不知道我是誰，我是不是茫茫人海中一顆
　　受精的卵子

但大海仍然遼闊，我仍然如此的狂妄！

夏日遠海

螃蟹橫爬著越過空曠的海灘，然後在棕櫚下沉默
地想用很多隻手抱著你到海灣最深的石洞裡去做愛
天邊的月牙正把最寂寞的那只銀角伸向對面的半島
龍蝦在海底轉彎，在寂寞中轉很大的彎，我想起
　故國——
我的來處，你是否看見有兩個兄弟正坐在忘川上
　喝酒？

新月勾住了寂寞的北窗

我飛得更高，超過了自己的無知，
看見幾隻秋後的螞蚱住在圓月裡對著歲月不住地
　　哼哼

我知道三文魚還在深海裡等我，等到夏夜
外星人側著偶儻的身影寫完最孤獨的絕句
戴著頭盔，壓低了呻吟聲，去嘀噠著的藍寶石裡
　　喝酒
海面飄來的新月就勾住我寂寞的北窗照個不停
直照到雷洲半島前一隻海馬停下來讀我手抄的詩

水生物們用隔世之音朗讀李哥的格言，海南島也聽
　　到了，寂寞然後羞紅了臉
我想起多年前的地球上，有一個地方叫北京城
我在城北東遊西蕩像減肥藥推銷員，我像是東北來
　　的郭哥
我在一群業餘政客們中間聞到了樓梯間寂寞的黑眼
　　睛的香氣，
我毫不在意社會上偶爾露頭的平胸粉黛
我在意的是愛？是錢？是酒？告訴我呵
在人間蓋樓的四川親兄弟民工，人生到底是在哪條
　　路上顛沛流離？

無形光陰的書頁上

海螺把天空吹彎，漁民們也彎著風流的身子劃向來世
我卻看見毒水母在月下打開自己最透明的窗戶要和
　　我結婚
我已江郎才盡，灌著黃湯，站在海邊等著花下之死

要是有一個貝類中的思婦在貝殼中關起門來
一顆一顆細數自己的乳頭，並且數出了乳香
遲早有一天她會被自己的香氣從寂寞中弄醒，側著頭
用下弦月的梳子把痛心的事情一遍一遍地從一百年
　　前梳回吳淞

我知道，連蟶子和海星都不會明白海底之夢是因為
　　詩人的無限寂寞
花甲、海膽、珊瑚蟲和海帶仍靜靜地生活在海底
　　（多少歲月流過！）
牠們等著，等著我吧，我會在無形光陰的書頁上寫
　　下下流的神來之筆

時光的歌榭

我是歹徒，在鳥裡當烏鴉，住在喜瑪拉雅山的羽
　　毛裡
我看得見一百年前爺爺騎著赤兔馬達達達在人間碰
　　運氣
我也看得見一群兄弟還生活在地球儀上，和動盪的
　　社會待在一起

每當深夜，大眼蝙蝠吊在歲月的窗戶上吱吱吱想死
　　的時候
一個兄弟手中的玫瑰就會帶來夜深酒吧中的啼哭
嗨！中國的玫瑰之紅正在超越最近一場革命所達到
　　的程度

在初夏之夜，河豚在南方出海口的水面咯咯咯說話
我還聽得見在天上，圓月中祖母哄我玩的聲音
月亮無恥地照著我的童年，使我臉紅
她的秀目也曾照著古代的塔樓，我從那兒悄悄起飛
　　去當一隻鳥
花和村莊也正在某個社會分開，花向遠方出發後就
　　成了二奶
被我爺爺在時光的素湍中泡著漂進了神話

我爺爺是玫瑰花叢中狂飲濫寫的過客
他斜著身子在人世外當差和渡假，在孤墳的小窗前
　　寫回憶錄
他的那些拜把兄弟也在歌榭裡摟著後輩燒去的紙紮
　　的小姐唱著永不回頭的光陰

如今我降落在現世報的文化裡，像個青年教師在午
　　休時渡步
在愛與恨的距離中做著大案，夜間飛回最高的山峰
在月色中扣動生與死的渺遠門扉，讓兄弟夥俯身酒
　　碗時也能聽見
月亮在它的圓圈裡發出的時間的空響

我在雙魚座上給你寫信

我在雙魚座上給你寫信

從天上一筆一筆往下寫，我是天上的人

我住得太高，愛你有些夠不著

我看見平原上走過一條很短的命

在被寂寞刻破的北方的平原上

蟋蟀正無休止地撥著情人的手機

初夏午後的天邊

蟋蟀在最遠的世界挖掘
挖土裡藏得最深的美女
月亮的空殼被扔在午後的天邊

有人在北方無休止地翻曬騰格裡沙漠
有個聲音在城裡說：「活著沒意思，不如去喝酒」
他是我的客戶，男人堆裡的碴子，女人堆裡的王子
一條很短的命，在歌廳裡痛快不已

如今東南季風徐徐而來
一份無邊的傳真
正把印度洋的雨季傳往長江以北
在河南，河蝦在水草間吃昨夜的星星
吃完後從大地上翻下了天外

新世紀遊子

海澱區的上空，天堂是無人值班的資訊台

雲抬著它們的祖母在暴雨中轟隆隆向朝鮮方向走去

一絲綠意才呻吟著從上個世紀的老綿被裡輕輕滑進
　　沿街的服裝店

變成了無人注意的中關村的初春，我真不知道這點
　　春光是什麼卵意思！

但我知道網際網路上的春光，打開筆記本，滑鼠
　　所指

便見跨國公司們合力修建的通天塔，好陡的天梯，

真它媽神工鬼斧！

我想起盜版VCD裡的《宇宙與人》

裹在大氣裡的地球，看上去就是掛在太陽系上的一
　　隻蠶繭

更早，我也曾經想到過：地球這隻蠶繭，沒有手
　　和腳

它怎麼去勞動和旅遊呢？這傻逼遊子！

現在我想起，大學裡那些戴眼鏡的少年
那些小男生常常在伺服器裡消逝，又在小便時找到
　　自己
從夢遺上把自己落湯雞一樣痛苦地提起來，坐在假
　　金髮女模特們的潛水錶裡
嘀噠嘀噠睜著動物的眼睛注視著試卷外的社會

我已大學畢業，染著花髮，睜著眼睛說瞎話
我懷疑地球是不是像旅遊區那些飄在假苗族風俗中
　　的繡球
我早已下海，天天尋找歸宿，天天歸在錢上
沒有什麼傻逼哲學教我，我就已經頑固不化
我在街上走著，常常在心裡說道：
高速發展的社會，你信不信
我會走得很慢，像處女夾緊雙腿，在胎盤上走

汽車修理廠紀事

修理廠停著一輛老式尼桑，像一個副總經理正在
　午睡
旁邊散著幾個零件
高速路從丘陵中飄過，又在遠處穿越亂世

一輛寶馬跑車從眼淚和李玟的歌聲中衝出，轉眼間
山西來的修理工就看見一個美女坐在一隻牛蛙裡匆
　匆駛遠
像是去追趕整整一打部門女主管們的絕對初戀

一個副局要駕走剛修好的帕薩特駛往機場——
一小時後，將要從飛機裡跳下來三個旅遊的傻逼
　哥們
他的收音機閃著工作燈卻非常肅靜
讓人感到集成線路的終點有兩個穿深色西裝的高幹
　在值班
在他身後的舊式電視機裡，一條牛仔褲正在做愛
做搖滾歌曲裡那種令人發笑的愛

2001年孟春的一個中午，時光的印刷機突然大膽地
　開機

將春天、水果、綠樹一色一色地印往京城的方向
高速路從中呼呼穿過，然後在遠方歸於不可靠的
　沉默
彷彿空間在看不見的地方突然進入了終極問題
有人在時間的核心處找到了最後答案，突然又響起
　了手機的聲音

第二輯

紅色歲月

1992・春

第一首

這片陸地是最後一支海軍巨大的鰭

上面插著桅杆、旌幡和不可動搖的原則

望遠鏡在距離中看到了領袖和哲學帶來的問題

它倒向內心，察看疾苦和新生事物的來意

我的美德和心病也被火星上的桃花眼所窺破

這片陸地是一隻注視和被注視的眼睛

它站得高，看得遠，也被更遠的耆草所看見（注）

猶如遠航歸來的船，水手和人群中的一雙眼睛互相

　　發現

我唯一看不清楚的是死，是革命前的文字

因為羅盤已集體贈給了鯨魚，如同把國家贈給了

　　海軍

我說的不是一個島國，在大戰中向遊牧民族發射可

　　樂、服裝和避孕藥

我說的是雷達向基地發射回來的是怨恨和回憶

我不說一段歷史，因為那段歷史有錯誤

因為羅盤被沖上海灘的鯨魚捎給了歐洲，供一個內

　　陸國製造鐘錶

因為一頭大魚帶頭把牠的鰓又贈給了路過的軍艦
因為歷史只是時間而已，是政變和發財！
我說的是殖民需要空間和哲學，需要科技和情人的
　資訊
所以我說的是無線電、載波和衛星
它向基地發射回來的是偈語和讖緯
上升到哲學，就足以佔領一代人的頭腦

注　　筮草：《周易》用以卜占吉凶禍福，春秋以上為太史
　　　　所掌。因歷來為官方獨用而失傳，幸賴左氏內外傳所
　　　　記十餘事，義法粗具，後世之高人方得略窺其真意。

第二首

這樣，天邊就可能出現紅色，如同那日復一日的
　　黎明
它和才華過早到來，形成一個人的早慧
引起了國家的重視，早熟、早戀又經常碰到處女

但如此提前發生的事件只驚醒了一首詩的佈局
它以抒情的筆調開頭，以惡習煞尾（注一）
幸好，我已提前遠離了閱讀
一邊勞動一邊裝處（注二），因為勞動是水果的一
　　部分
另一部分是水分，因為魚的一部分也是水
另一部分是打群架和處罰，因為我的知識也只是一
　　部分
另一部分是無用的東西，因為我也屬於無用的一
　　部分
那一部分也無用——我指的是相鄰的集體和個人
他們分開是追求進步，聚在一起又要打一場群架
而群架也是戰爭的一部分，戰爭推動了群眾的進步
群眾是邊緣，其核心是生殖器

但還是有與眾不同的人，惡習深藏不露*

那是農村中調皮的晚稻，在夏天頑固，到了深秋才

　答應做人民的糧食

它是集體的另一面，最終仍然屬於集體

英雄也是人民的另一面，最終屬於人民

因為人民只是戰爭的邊緣，戰爭的核心部分屬於

　平靜

脫離了群眾，因為那是政治

注一　惡習：與天真、純潔相對立，常用來評價有社會負面
　　　習氣的青少年，是很多教師、家長、警察的口頭禪。

注二　裝處：裝處女，比「裝嫩」的程度更深。監獄裡的犯
　　　人頭毆打新犯，若新犯因驚恐而發出叫聲，亦被稱為
　　　「裝處」。流氓之間常用此語，可理解為假裝天真和
　　　無知。

第三首

燕子在天邊來回射箭

能夠穿越春天而來的是瞳孔中的鳥兒，還有異鄉的
　眺望
能夠穿越遊戲而到達學校的是童年
能夠終生在紡織中穿梭的只有初戀的顏色！

一封長信打不開一個人的回憶，滿山的水果打不開
　甜味
退役的士兵打不開貞潔，奏摺和鐘聲也打不開我
　的心！
如今紡織打不開最深的顏色，因為那是死戀
屬於長頭髮、大眼睛和想不開的心！

但是貝殼打開了海，送別中駛出的帆船
曾經有回頭的浪子，用來信打開了歲月
初戀中最淺的顏色，每年被小路修改一次
因為那是身高，屬於故鄉和年齡
樹枝也打開了天空，燕尾美麗的剪刀正來回修剪

第四首

在夢中游泳猶如閱讀或生病
一目十行或一病不起，那就是最淺的沙灘或至睿
　　之時
在清淺的水面我能看見自己的品學
猶如一個女子，在鏡中看見的竟是別人的妹妹
打開的桃花是一顆透明的內心

鎮守邊疆的將士也是到了一種哲學的至境
馬星落在他們的子時上（注），馬逢邊寨
他們就終生遊守在事物的頂端，放哨和偵察
他們是家庭和農業的核，推出去就是子彈
邊境線的繃帶把他們彈回來做父親
仍然站到了事物的前沿，簡單明瞭

我知道，儘管鋒利的哨兵在夢邊巡邏
稍不留神，新奇的事物和預兆仍將刺穿我的內心
流出痛苦而又溫馨的汁液

注　　馬星：算命術語，謂人如果八字中有馬星，則一生顛
　　　沛流離。鎮守邊疆的將士命中都有馬星。

第五首

我心比天高，文章比表妹漂亮
騎馬站在赴試的文途上，一邊眺望革命
一邊又看見一顆心被皮膚包圍後成為人民中的美色

我看見一顆心率領人民的全部生活奪取天下
卻無法統治，種子不能統治花，皇帝不能統治雲
我還看見古典詩人佔據文字，形成偏安，又騎馬治
　　天下
使人民由清一色的服飾到全體戎裝，由欠收到飲食
　　單一

那年，愛比恨後發芽，比棗樹先結果且紅透了臉和
　　決心書
如同強烈要求自殺的身子用她的內心看到了領袖——
那秋天的遠境中蓄著分頭進京的男人，使她甘心被
　　佔領
請求用一顆最黑的心來消滅舊社會

而我已從對人類社會的崇拜發展成為眺望
且騎著馬朝奴隸社會上游而去

第六首

我對情人的佔有曾經屬於武裝割據
多年後我徹底地洗心和革面,轉向和平
所帶給生命的結果仍然是老問題的復辟或種子對種
　　子的重演
我飛身下馬強姦一個名詞或在書中摟住一副細腰
縱馬踏過生生死死的字詞一路上還是拱手讓出大好
　　的河山

歷史倒流帶來更多的場合改變了我的品德
因此我的品德也是別人的回音
一夜豪賭我模仿了別人的輸贏,揮霍盡皮膚和牙齒
仍然只能拖著剛到手的國家竄到北方去尋找馬蹄來
　　耕種
並且用膏藥閱讀士兵從傷口中寄來的書信

這一切的關鍵仍然是所有制問題（注）
我飛身上馬逃離內心,進入更加廣闊的天地——
世界不是我的,也不是你的
但偉大的愛仍然是暴力,客氣地表達了殺頭和監禁

因為，生與死，來自歷史上游的原始分配
萬物均攤，而由各自的內心來承受

注　所有制：無產階級經濟學的關鍵性術語，如「集體所
　　有制」、「全民所有制」等等。

第七首

鷹在天空劈著粗野的馬刀

洞簫吹出寒風，使兵書中的師兄更加飄渺
他蕭殺的身世是連接現在和過去的輕輕一瞥
鷹滑翔，在水與雲之間帶出一條光陰的線索
彷彿把死與生分配給了秋天，使其平均，一樣的美
　　麗和冷酷

如同把彎曲分配給河流，把紅色分配給內心
把平原分配給視野，把風分配給傾斜的箭

但是，是我看見簫聲中的敵人
以及其中為收割生命而準備的足夠的紅色，因此鷹
　　上升
如同塔樓中升起的風箏線靠近天邊的美女和雲朵

但是，我還是看見了貝殼的咖啡館中被海風吹拂的
　　師弟
他們一直互為生死而又不能見面，因為他們本為
　　一人
是故國的歷史中遊蕩的最後一個強盜

他們已在學校裡失蹤，每年開學都不回來，因此鷹
俯衝

一個叫文，一個叫武，他們只在詩和書中偶爾睜開
雙眼

第八首

偏安在貝殼中的朝代忘記了江湖

在棕櫚下的沙灘上

在草帽中的睡夢裡

螞蟻的城堡敲響了遙遠的鐘聲

正午陽光的金箭直接射中小小的京城

逐鹿中原的大道上那叫武的少年縱馬北上

隱居在瞌睡裡的貴族忘記了刀兵

在蠶繭裡的島嶼上

在槐樹上空的藍天裡

雁陣的中間吹響了悠長的號角

第九首

在勞動和鬥爭中摸底、攤牌，然後前進
這就成了你夫君，騎馬跑在功名前面，遠離了階級
讀書、生病和狂想
在玫瑰色的天邊露出虎牙求見公主

走在你側面的人，超過內心，鬼話也就超過文化
　（注一）
在社會上打滾，一個文化妖精，相當的假（注二）
半字半人，又像書法又像秀才
這是那騎馬跑在你婚姻前面的情人，但思想落後
種瓜得瓜，種豆得豆，「假」字害了他終生（注三）

不讀書的人，又不是大師
容易從商店混進水果糖，甜起來的是歌星和事業
能夠從你的眼淚中流進電視連續劇
這也是你那騎馬跑在初戀前面的情人
他是你掃盲班的老師，寫的字比核桃大比約會小比
　　心還黑

這個世界，文化多，道理多，所以隱士已經絕跡
符合你內心的人，那肯定不是我，但一定也很混

他必須脫掉文盲的帽子而又不過分斯文

比如我，自瀆又自強，壓住了超階級的酒量和愛一

　　個女子的後勁

想去參加勞動，走上山下鄉的路 (注四)

注一　鬼話超過文化：人民群眾對知識分子言論的批判語。

注二　在社會上打滾：指跑江湖、混社會。

注三　「假」字害了他終生：人民群眾對知識分子的批判語。

注四　上山下鄉：文革中後期，剛畢業的城市中學生被送往
　　　農村生活的一場運動被簡稱為「上山下鄉」。

第十首

我只有從種子中進入廣闊的天地

我請求節氣和風水，請求胡豆和草藥把我介紹到
　　農村

我請求一年中最好的太陽把我曬成農民的老大

我請求電話、火車、拖拉機把我送到公社

讓最好的豌豆和蘿蔔給我引路

讓最瘦最黑的二貴、鐵鎖、小狗子或別的小兄弟
　　（注一）

把我領到隊長的家裡，接受他的再教育（注二）

我在南山上種樹，又在北山上披著棉襖牧羊

在二月裡，我緊鎖雙眉注視解凍的河流流向城鎮

流向探討學問的人群和我的朋友們

我站在峭岸注視著春耕的實質和寬胸膛的原野

在播種的季節，我目空一切

沒有文化也沒有王法

只有滿天的飛花、蝗蟲和麥芒越過一生中最寬闊的
　　地平線

注一　二貴、鐵鎖、小狗子：曾經是農村小孩的常用名。

注二　隊長：建國後直到改革開放前，農村的最基層單位，
　　　頭兒叫隊長。

第十一首

我看見一個被學問做出來的美女在田間勞動

用輕巧的雙手把未來紡織成公社

在裡面學習、敬禮和散步

北方的油燈照見了哲學和戰鬥的場面

她用水庫中的臉護守畫報上的禾苗

用樹邊的嘴唇吻城裡那個勤奮的青年

這曾經是我的愛人

她透過長長的烏髮和泡沫看見了上山下鄉的路

在流水邊加人組織又從肥皂水中被清洗出來

這是誰的女人？在水果中是勞動

在勞動後比水果還甜

那時我使勁挖土，通過辛勤勞動佔有了她

第十二首

我看見一個被漢字測出來的美女從偏旁上醒來

右手持劍左手採花

她用象形的一部分吟詩作賦

用會意的一部分興風作浪

空前的美女！下加一豎是玫瑰

長在樹上是妓女

摘下來是格言警句和一年中最好的收成

運回家是不會寫的字，最後變成醒目的標語和口號

我只有把她加在表哥的旁邊成為表妹

派她到世界各地去捉半字半人的怪物

但加上一封回信她又變成了夫人，所以

換其他偏旁她就是妖精，在深山老林中反對世界上

　　的美

如同過去的隱士如今變成反英雄

城裡便派出三個醜男人去打她，打得她變來變去

　　（注一）

最後躲在山洞中吃美男子

這打不死的妖精！美得入骨和極端

已經不能變成現實中的女士或小姐

更使我無法回到白話文的字面上去讀她

注一　三個醜男人：古典小說《西遊記》裡孫悟空、豬八
　　　戒、沙和尚三人三打白骨精。

第十三首

趕走皇帝成了最後一次農業革命（注）

那年胡豆不被當做胡豆

大麥不成為大麥，一部分成為工人，另一部分成了
　　革命黨

人民推翻皇帝在農村糾正了莊稼的方向

把農業打得一邊歪，從堤壩上掉了下來

我們失手打翻宴席，用混亂的政局代替小酌

領袖就從南方的海上乘船前來領導我們的外貌

儘管參加了革命，有些人內心始終不健康

我就是這樣失手把自己打得站不穩，只得坐下來
　　寫詩

我是被語言關起來的人，一種方言可以把我趕出
　　祖國

如今我站在白話的島上隔岸觀火

在十月，農曆變成西曆，時間提前

辛亥年間百姓從糧食中趕走了最大的農民

遊說從反面代替了政府，成為無政府

漢語則成了一座我打也打不贏的秦國

注　指1911年10月孫中山在南方領導的辛亥革命。

第十四首

這樣，我的詩中就出現了臥底和坐探

這些不帶感情色彩、不為任何標題效力的狗東西

到底何時出現，領多少官銀我一概不知

一旦被人讀懂它們就除掉連詞，咬開意義中的毒藥

我看到過一些小詩因為經驗不足而成了漢奸

我也看到過一些長詩通過詐降得到了軍政府的發表

但另一部分大膽的句子則乾脆嘯聚山林

率介詞、助詞等惡狠兵丁

幹些開黑店、打家奪舍、劫鏢走私的英雄勾當

或者名詞和動詞豎起杏黃旗、互相招降納叛

一夜之間披堅執銳、銜枚疾走要去攻打大師

潑皮也出現在字面上，通過潦草的筆劃活現在一些
　　年代

這些無賴，服飾花哨、智商低下

到底要幹什麼我一點也不知道

但險惡的情形在後邊

詩人的才氣終遭猖狂的收編和誘殺

然後一切歸於大師

所以，這些不三不四的字詞，我無法無天的酒肉
　　朋友

明天我們又去哪家妓院，上哪家酒館？

第十五首

人民起床廢除了古文（注）
老師把馬騎進一句話裡，在詞性上碰到了兩個總統
學問趨向兩可，政局變得模糊
如同把話說到歷史中
如同把字直接寫到水上，如同一個人物的歸隱

沒有版圖的帝國仍由皇帝打開了城門
一首詩包含的另一世界正概括那吟詩的人
我對命的獲得正基於此，日月如梭
我從世上進來，如今又面臨著出去

說進歷史的那句話詩歌說不穿，老師在裡面兜圈子
如同在桃花園中捕魚，在醉中另外醉了一次
如今我也踏馬進去，以此夢圓彼夢
在一個朝代裡輔佐另一個朝代

注　辛亥革命成功後，在廢除帝制的基礎上，才開始廢除
　　古文。

第十六首

解放的日子路不夠走

因為把一段歷史交給將軍，不同於把一座半島交給
　　哲學
我們可以把一個女孩交給上尉，把絞繩交給宮女
但不能把南方交給語文，我們要討論民主和科學
在推廣白話的過程中提倡一部分人先打官腔
為一部分人多生產槍支，為另一部分人多生產選票
路少的國家只有用來遊行
如此可以加厚人民的臉皮用以代替長城

皇帝已經遜位
我們害羞地剪了辮子
我們已剃光腦袋在各省成立了政府

解放的日子，開始學習新文化
我們在遍地烽火中留洋和北伐
一夜秋風送來了理想，吹熟了糧食和進步的戀人
因此，即使我們看不清革命的實質
也不同於英雄看不清末路

第十七首

海的那一面就是結局
那是南加勒比，我想去睡覺的地方！
當我的耳朵在海面豎起
我就聽到了水手們兩年前的歎息，一隻郵船
離海難事件至少還有一千里路程

我聽到星子們在水裡戀愛和歎息
如同那個遙遠的暑假之夜
月亮爬進我的書包裡悄悄寫字
還有天狼星的航燈，招引爺爺的軍艦駛進駛出
另一年，在中國揚子江的碼頭，一隻客船離港
曾使一個少年的夢境得到無限的延續

如今，郵船停下來，在時間上悲哀地作業
在羅盤上尋找沉沒地點，然後靜靜地沉沒
信風曾猛烈地吹，把白帆吹向了童年
把心吹回了家鄉，把二月吹回了和煦的聖盧西亞
我不知道加勒比海有多遠
但我相信世界上的珊瑚、燈塔、報紙和海難
我曾站在船舷，看見那片海域與我靈魂相距的那兩
　年路程

穿插在一個若隱若現的浪漫故事後
正慢慢被翻身的鯨魚捲進瞳孔

第十八首

沿著白雲的山谷有一條通往爺爺家的小路
一路上，我的命被延長和借給他人
而一個女人的青春卻因此縮短
她的一生
只夠用來約一次會

在那冒著蒸氣的家鄉，在那書齋裡隱現的漁村
我借給別人的是性格和經歷
是樹枝上高掛的淚珠和馬背上斜掛的長槍

我把命借給了別人，在一個上午打開地圖
把國家解散，再用一隻信天翁
把南部向北捲疊，然後把活法告訴了他
提醒他飛身上馬
把死分作兩次來實現
一次是愛，一次當然是恨

就在這兩次之間
我坐在大樹下，回憶著浪蕩的青春
正當陽光耀眼的中午
在海灣，信風播撒著海鷗的花粉

一隻鐘粗暴地走動
一隻蘑菇在傾聽海灣對面磨坊的聲音
而在海上
我看見巨大的雲朵正把時光吸上藍天

第四輯

野馬與塵埃 1989

他騎著一匹害群之馬在天邊來回奔馳，在文明社會忽東忽西。

從天上看下去，就像是在一個美妙的疑點上出爾反爾；

伏在地面看過去，又像是在一個漆黑的論點上大入大出。

——李亞偉《青春與光頭》

我們

我們的駱駝變形，隊伍變假
數來數去，我們還是打架的人

穿過沙漠和溪水，去學文化
我們被蜃景反映到海邊
長相一般、易於忘記和撫愛
我們被感情淹沒，如今從矛盾中解決出來
幸福，關心著目的，結成夥伴
坐著馬車追求

我們是年齡的花，糾結成團
彼此學習和混亂
順著藤子延伸，被多次領導
成為群眾和過來人
在沙漠上消逝、又在海邊折射出來

三年前，我們調皮和訂婚
乘船而來，問津生死，探討哲學，勢若破竹
我們掌握了要點，穿過雪山和恆河
到了別人的家園
我們從海上來，一定要解決房事

我們從沙漠來，一定要解決吃穿
我們從兩個方面來，入境問禁，叩門請教
穿過了內心或傷口

理解、並深得要領
我們從勞動和收穫兩個方向來
我們從花和果實的兩個方面來
通過自學，成為人民
我們的駱駝被反射到島上
我們的舟楫被幻映到書中
成為現象，影影綽綽
互相替代，互相想像出來
一直往前走，形成邏輯
我們總結探索，向另一個方向發展
淌過小河、泥沼，上了大道
我們胸有成竹，離題萬里

我們從吃和穿的兩個方向來到城市
我們從好和壞的兩個方面來到街上
伶俜、清瘦，見面就喊喝酒
相見恨晚，被婚姻糾集成團

又被科技分開

三年來，我們溫故而知新，投身愛情

在新處消逝，又在舊中懇求

三年後，我們西出陽關，走在知識的前面

使街道擁擠、定義發生變化

想來想去，我們多了起來，我們少不下去

我們從一和二的兩個方面來，帶著詩集和匕首

我們一見面就被愛情減掉一個

穿過塔城，被幻影到海邊

永遠沒有回來

我們就又從一和二兩個方面來

在學習中用功，在年少時吐血

勤奮、自強而又才氣綽綽

頻頻探討學問和生育，以卵擊石

我們從種子和果實兩個方面來到農村

交換心得，互相認可

我們從賣和買兩個方向來到集鎮

在交換中消逝，成為珍珠

成為她的花手帕，又大步流星走在她丈夫的前面

被她初戀和回憶

車水馬龍。克制。我們以貌取人

我們從表面上來

在經和緯的兩種方式上遭到了突然的編織

我們投身織造，形成花紋，抬頭便有愛情

穿著花哨的衣服投身革命，又遇到了領袖

我們流通，越過邊境，又賺回來一個

我們即使走在街上

也是被夢做出來的，沒有虛實

數來數去，都是想像中的人物

在外面行走，又剛好符合內心

秋收

水利是農業的命脈

・毛澤東・

回到草原

你肥碩的身軀粗暴地佔據了她的眼睛

所有窗戶都被迫打開，交給陽光慢慢地日

秋天的草原一片懶散，你冒完皮皮

回到村裡

頂著牛角在屋前打鐵，在屋後開火鍋

讓成熟的麥子一個勁地往村外長去，擁擠不堪

被迫落在婦女們手中，被捏著脖子

交給了公家

更為炎熱的氣候在傍晚，好看的在後頭

躲在暗號中的農婦被無端端地詢問和調試之後開關

　　自如

在路邊別著校徽等待檢查團

拒絕運輸的拖拉機用馬達死死抓緊剎車輕輕抖動

可想而知，酒中怒放的花朵已藏進裙子

又流出藕節和排骨湯

這時背著書包穿過麥田去向人民群眾學習語言

唱著雷鋒的歌

逐漸風行的毆鬥和拓撲學

因為被普遍認為是經濟發展的必經過場

被不停地登記註冊和掛在嘴邊

語言在詩的國度脫掉衣服就一下子左右了農業

成熟的麥子倒向共產主義一邊

收割的季節被劃拳行令的手勢掌握著

他說四季財，你就又去打鐵

騎在風箱上用軟硬兼施的調子炮製農具

用語言交換著實物，憑肌肉領走了其他人的工資

背著書包，深夜的草原到處都在上晚自習

身著黑夾克的嘻皮士和身佩紅袖章的紅衛兵

在課堂上共同朗讀又夢見了周公

謠言使人民普遍成了詩人，少數成了敵人

而朗誦高於一切，直接影響到女人的醜與美

植物在語氣和停頓中飽含著養料

碩果纍纍靠近實詞和罕見的形容詞

並被直述和修飾得不好意思，低頭進了公家的倉庫

朗誦高於詩歌的本身，你在十月擺起詩歌的香案
視文字為豬狗，語法和外語如糞土
或者叩劍而歌，或者對牛彈琴
用散漫無邊的聲音概括住工業和農業的前景
使它們出不了頭，乾脆倒退

秋天的草原牽掛在楓葉變紅的過程上
盯著美人們於涼爽的夜晚掉進塵世，一輩子簡直不
　　能自拔
一些莽漢便喝垮了自家的身子骨和住宅
帶領大腳農婦和打鐵匠到了村東的高處
在腰帶以下的重要部位露出頭髮和彈弓死守到彈盡
　　糧絕
沒有追求的人啊，你逃不過文化的掌心
憑空而來的垃圾學問要把你搞慘

現在，品質惡劣的老師背著黑鍋越過了草原
一場暴雨在下與不下之間傾向於新鮮的事物
在半空中收回了對農民的成見而轉為下詩句
一夜之間的朗誦和吟唱就觸發了空前的戰爭
但真正的英雄是反不垮的

他要在天黑前重溫馬列的書卷

同時朝城外不斷地投擲活魚

又從爛醉中爬出來拖著木馬進入了海邊的碉堡

那些借來的軟刀子殺不了人

夾在外語書中遞給下流的女學生算啦

女孩們寄居在形容詞裡，一副還過得去的樣子

把冬天的風景弄得搖搖晃晃

在飛雪的日子裡把她們的嘴唇套在空話上問你幾個
　　問題

但你仍頂著牛角打鐵，不想在春節前就成為流氓

一副中聽的身子骨想用來彈死最後的知音

在龜山和蛇山之間的的唯一牽連還是你和她在前年
　　的問答

那極端的言行使老一代隱士們從此離開了人民

長相標緻的朋友們穿戴整潔地把自己上交給國家

又紛紛變成衣冠禽獸

而不務正業的女子依靠反動勢力一般會美麗起來，
　　猖狂得不可收拾

一臉的秀色成了村中最大的負擔，代替了天氣
求雨的工兵拖著大炮快速轉彎從各種角度打下了羽
　　毛和鱗片
但陰惡的天氣依然壓住屋簷和年終，解不了心頭
　　之恨

尋字覓句，在官路上推敲
正逢娶親的大轎用謹慎的語言打開了寺廟的大門
因為公家派出的賢達之士已在大路上說服一個漂亮
　　句子
深秋的天氣為句式所迫轉為秋高氣爽
隱居在各大學的詩人為得以一試身手而鑽研假學問
因此被開除或根本注不了冊算不了人民的老幾
我行我素的流派和流浪預示著甲肝和性病將普及到
　　初等中學的程度
而且長江後浪推前浪
五年後隨便一首臭詩就可氣死一個最笨的少女

人民的生活反倒提高，紅燒或涼拌已對付不了半壁
　　河山
在窗戶外揭杆而起的好漢用銳利的少女刺穿了敵人

的長袍

又挎著腰刀去寫小說，叼著辮子到處尋仇

人民贏糧而景從，佔據了喝彩的位置

帝王舉著烽火走上看台，瘋狂的戰爭已經接近零
　　比零

十把九追進森林，把一留在大澤邊當鄉長

殺父奪妻的仇人掛著駁殼槍從海外歸來，操著廣
　　東話

一夜之間在進村的車站和山丫口掛滿了巨幅標語

進進出出的法國成語、英國歇後語和四川土話被徹
　　底檢查和搜下身

幾種語言又相互翻譯，構成了朗誦

而朗誦高於一切，在傳達中壓住了沿線的陣腳，平
　　息了各種方式的騷搞和混亂

精彩的朗誦從字面上翱翔而過，飛往遠處

說服詩人，心平氣和地坐下來

憑手氣寫詩

最好的手氣在每年秋天要掐住麥子的腰

最後的下場是升高和走火入魔，變成一種氛圍

最好的手氣就是語氣，在恰當的時候說出零
使其不致變成二，以此保證收割的質量

東風浩蕩，紅旗招展
但收割的方式又被划拳行令的手勢掌握著
他說四季財，你就又去打鐵
在奔放的爐火中咬文嚼字，從狗嘴裡吐出象牙
又從象牙中逼出麻將，和她下著匆忙的賭注
把一臉的痤瘡抹往腦後
把羊皮掛在胸前
自己出去退火

語氣從內部把握著語言，摸到了文字便就地消滅
然後又單槍匹馬幹掉評論家
如今沒有知識沒有文化的軍隊紛紛退伍回到了草原
交換著播種和收割的方式
把吃剩的乳房轉讓出去，哺育又一代人
而更瘋的瘋子就從大學裡沖出來，喝假酒寫歪詩
把字典改寫成史詩
如此猖狂的寫法怎麼得了？這些鳥文字何時方休？

四處的徵婚和嫁女，三個月不用

你還得自行處理

注　這首詩寫了一個詩人在四川的詩歌經歷，裡面不得已
　　用了幾處四川方言和街頭黑話，普通話裡無對應詞。

大酒

一年又一年
也就是一杯又一杯

一男一女
文字和鳥兒
拉出長長的聲音
從南到北
從看到聽
剛好看得見雲
和雲下的塵世

空氣和山脈
酒和水
有一隻鷹從天上下來聯繫

回答和問話
如同劍和鞘
裡面是光陰
更裡面是一和二
大和小
有一艘船載走了最小

而白和黑

放出一匹小馬

正踏亂你的棋局

踏亂了有和無

一道又一道波浪

消逝在巨大酒杯的岸邊

而我只看到

在天與地之間

是一個大東西

一個遠東西

天山敘事曲

他要去渡塔里木河
要長相沒長相
不要才華又有那麼一點

一個軟弱的人，背著糧袋騎馬過天山
沒有理由
也沒有命數
如此沒用的人
背著什麼也無濟於事

因為如果是流沙
它會自己走，張著小嘴吹風
會抬頭遊過黃黃的騰格裡
因為如果是數字
它會和邂逅有關
小小的嘴唇會對著牧區搶先讀出O
一個靠軟弱遠行的人，他要流淌
水會來幫他
蛇會來幫他
一個過時的人，他要動腦筋
一夜行走就會走到信中

如此軟弱的人

河水都比他硬

這樣的人內心甜蜜，長著高個

我們在城裡碰到

這樣的人，常常是熟悉的朋友

常常是女孩的哥哥

這樣的人只有去渡塔里木河

戴著草帽，所有的省份都不要他

這樣的人去當兵不會朝外國射擊

這樣的人去作客會把主人送走，自己留下來

戴著草帽，粗通文墨

在上游寫信，或者在下游的磨坊裡碾米

用陽光催促事物朝壞處發展

無情無義

看著女子繡花邊

心就比絲線還狠

塔里木河正在上漲

淹沒了沿岸的小個兒

而那軟弱的人，在氈房裡碰完了運氣

白天如同牧民的兒子

晚上如同篡位的叔叔

膽兒比太監的那個還小，信心又不足

放出去的牧群一次也沒收回來

這樣的人，我碰到過

在城裡很有文化，你還未揍他

臉就嚇白，心跳好幾天

這樣的人翻過了天山

像是一心要為葡萄乾而死，我管不了他

他純粹不需要自己，只想利用自己渡河

紅花在天山裡開了又開

他又騎了一匹含情脈脈的馬

這樣的人，正是我的兄弟

渡河之前總來到信中

自我

夥計，我一分為二
把自己掰開交到你的手頭
讓你握住了舵

眼前是自生自滅的潮流
夥計，我是多麼急切！哭得像條魚
你伸出手來摸一摸我與你混亂的地方
那兒不消說他肯定是雲，轟炸了天空
你紛紛揚揚喊我的名字，喊我多餘的地方
你闖進了我們相像的部位
就知道我多麼與你不同
我朝前遊去，是一條穿雨衣的魚
又在一座橋下，引爆了她

我乾脆、就如此在個人上散夥
在這個世界上，我是誰都可以握在手中的鐵的事實
是竄來竄去的證據
是太陽從地球上一棒捅出來的老底
夥計，你是這個，我就是那個
是相互握住的把柄
日子越來越不好混哪

弄清楚，夥計
每個人都在散夥
完完全全成了一些字！字！和水！

我是生的零件、死的裝飾、命的封面
我是床上的無業遊民，性世界的盲流
混跡於水中的一頭魚，反過來握住了水
我是天空的提手
鳥兒們把每一天提出去旅行
夥計，世界越來越小，越來越沒去處
生命來去匆匆，完完全全的自費旅行
遙遠的天堂氣死了我們智慧的眼睛
氣走了一代代的人民和一季又一季的草！
我是一年三熟的兒童
夥計，我是這個宇宙的窮親戚
呵，我是深水中一條反目的魚
夥計，海是鹹的世界是猿人吐過來的口水！

夥計，人民就是緊急集合和集體性交的意思
夥計，我們成了文明的替罪羊
在劫難逃的接力棒！

我們是日曆上此伏彼起的咩咩

夥計，所有的語種都是咩咩

但我是帶著暗號潛伏下來的猿

語言不是把柄，詩才是，我才是

我是一隻弄髒了天空的鳥

是雲的缺點

我被天空說出來

夥計，天上什麼也沒有啊，神仙們搬了家

我成了社會混下去的零花錢

我是我自己活下去的假車票

夥計，我是雨水的字，被行雲說下來

天氣把我當成怪話，說給了你的屋頂

我是浪跡江湖的字，從內部握緊了文章

又被厲害的語法包圍在社會中

我是一個叛變的字，出賣了文章中的同夥

我是一個好樣的字，打擊了寫作

我是人的俘虜，要麼死在人中，要麼逃掉

我是一朵好樣的花，襲擊了大個兒植物

我是一隻好漢鳥，勇敢地射擊了古老的天空

我是一條不緊不慢的路，去捅遠方的老底

我是疾馳的流星，去粉碎你遠方的瞳孔

夥計，我是一顆心，徹底粉碎了愛，也粉碎了恨

　也收了自己的命！

夥計，我是大地的凸部，被飄來飄去的空氣視為

　笑柄

又被自己捏在手中，並且交了差

夥計，人民是被開除的神仙！

我是人民的零頭！

航海志 1988

武斷的天空

野蠻的天空

糊塗而又美麗的天空

之
一
：
詩
箋

花是藤子寄出的信

非洲是亞洲寄出的信

草原是馬寄出的信

跑是走寄出的信

之二：乘船換火車而又乘船

我浮出海面至少是印度洋一帶

我被幾座島嶼思索得像一艘軍艦一路上開著炮向南
　　逃去

我哼著歌回憶我的國藉並遭到了歌曲的重複

其實我很平靜，我這是順著一根藤子去看看那邊結
　　的什麼惡果

藤子在後面邊走邊想這果得它媽到遠一點的地方
　　去結

午後越來越強烈的非洲氣味使我伸出了

鼻子的零頭

太陽正落下亞洲

一個莽漢在山後脫褲子，使城市成為農村油畫成為
　　水粉

鐵路啊鐵路你什麼時候曾經是一種事物呢

這些年動詞使我活得像個熟練工人油污而又下流

我哼著歌對付螺絲

放鬆緊張都是板扳鉗

哭哭啼啼的火車頭啊你不跟我走一走嗎

車廂啊車廂你使我必須搖搖晃晃坐回到題目上

去看看這下是否到了開羅

午後越來越金屬化的倦意使人已經在本段

睡了一覺並弄濕了內褲

我收攏是水放鬆是水我像是碰到了潛艇

而卵石碰到的肯定是魚

魚碰到的肯定是島

我聳了幾下，其中有三次讓人吃驚是中國肩膀

打開窗戶，這是孤獨而又多情的時刻

我伸出了另一個人的胸膛

我真像一個女人獨身去非洲鬧革命

我不停地晃動把性格以外種族以外的各部位

以及手的延伸部分使勁晃動一下子

就從五十億人中擠了出去

之三：金色的旅途

我想我是去薩伊

我沒有迷路

我只是選擇了穿過班多河谷的另一條路

森林算什麼，烈日算什麼呢？

我見過一條山脈一直伸進了物質社會

我不知道我的這條路有多遠

我想我甚至不是去薩伊

我不想去哪兒

而不想去哪兒等於就是去南美

我在波哥大幹活來著還是怎麼的

我在亞馬遜偷獵來著還是怎麼的

我吸大麻，每日三餐河馬

我沿著智利海岸一直流浪

我邊走邊想

我這是在哪兒

是不是迷了路

我不知道去哪兒

這正說明我這笨蛋是去了哪兒

我在自己腦袋裡背著手走並掉進河中

水算什麼呢

只不過它常呵得我直癢

我掉下水時河上沒有船

世界各地都沒有

只要爬上岸我就不是魚也不想造船

只要勉強是個人

我就得去西部

在去拉薩的大路上

我發現另一個傢伙也不是汽車

我投宿在自己夢裡並發出尖叫聲

一座村莊被月亮照到了另一個世界

一頭動物在水中發現自己原來是獅子

這說明其他小動物將發生危險

這說明我確實到了薩伊

我從半夜突然就走到了朋友們中間

所以大家皮膚都黑得讓人滿足

沒理由成為花皮膚

實話說我是一個行吟詩人

我這是被大路對付到小路上來了

也可以說我這是被內容歪曲成了另一個樣子

也可以說我原來是趙國人，而不是楚國
苦讀先秦諸子之餘我寫糊塗的詩

沿岸的碼頭越來越多，越來越嘈雜
我毋須上岸，毋須寫高貴永恆的東西
我不尋根，甚至不關心我現在何處

那麼剛才我是怎麼從海南島回來的呢
大概因為我想迅速寫下這首詩
寫完後我就說……
當年只是有人選擇了渡過瓊州海峽的另一條路
沒乘船也沒坐飛機
我根本沒去過那島子，只要文化作證
我就是師範學院的一個教師
我戴著眼鏡，從不迷路
我在三年級培育流血的穀物
在四年級栽種穿裙子的水果
我從不寫詩，也沒混過火車，怎麼會呢
我純粹是坐在一家酒館裡
路燈被老闆娘經營得歪斜
所以我從不出門

我剛和外國娘們跳舞來著，和女旁客

我這是否算是在蘇聯

你看我會是誰

只要你不是哥們我就不是李亞偉

如此看來，時間算什麼

路程又值幾何

一個詩人一旦暴露就成為人

一種文化一旦暴露就只是書

我沒有迷路

我只不過剛才兜風來著

我剛才押著我的鼻子哼哼著穿過一些地方來著

我剛才舉著手散步

剛才我在床底下流浪，五年後才回到故鄉

我是一個多麼成功的人物

我用語言飛越了海峽

我用語言點燃了鴉片

我用語言使娘們懷了孕

其實成功和活下去是一回事

活下去能使汽車轉彎之後再次成為汽車

現在，因為汽車可能掉進班多大峽谷
我就有了剛從河裡爬上岸的感覺
我不知道這條路還有多遠，我站著
卵蛋痛，想死
我這是在半路上，要是我忽略了這點
我就會平靜地笑一笑
勉強像個人地笑一笑
不在乎我是在走回頭路還是
在一直走下去
我相信我這是去薩伊

之四：航海

現在，我的語言很濕潤不斷地引來水手
現在，我偶一沉默就產生碼頭和水手的妻子

海上吹吹來來一一一陣陣風風
呼呼呼涼他媽個厲害噯噯噯透了
椰幾棵樹晃晃不停蕩蕩而又樹
椰
而又1988年5月17日
這正是我駕駛碼頭遠離海岸線的那個淺藍色的下午
這正是風中有一股細長的甜味的那個遙遠的地方

你的眼睛架在島上思索
你的牙齒在海平面回憶

我用魚叉瞄準一句詩彎向明年
居住在那兒的那位平原上的女哥們
你是不是突然地會心一笑

我生於1963年，我逗著自己玩
我在兩歲時就自己養活自己

後來我在一種叫路的東西上走來走去
停下來時我管自己叫叔叔

我使用著思想的鴉片
我的言詞是骰子
我在夢中決定死活
我的眼睛是一場冒險
我的肉體是一個強盜故事
我的名字就是語言的梗概，夥計

從今年到明年有沒有去非洲遠？
我使勁活能不能馬上就是明年？
我它媽一陣亂跑能不能跑過去？
兄弟，我熟練地駕馭語言，反倒失去了語言的指向
我洞悉愛情的內容，愛使我南轅北轍
夥計，這世界上沒有你
我活下去的速度也很快
沒有你我這就算是逃跑
我在我的詩句中乘船換火車而又乘船
我要嘗試盡所有的方式
我只在乎奔逃的形式

我站在甲板上向南奔逃

我騎在火炮上向南奔逃

我一邊寫詩一邊奔逃

我一邊結婚一邊奔逃

我一邊讀大學一邊奔逃

我從身高一米五跑到一米八

酒使一個人成為三個詩人

國家使千萬個詩人成一個

而死，將使我成為你

現在，我就要從這個世界上跑掉了

我一隻腿比另一隻腿跑得更快

我的胸膛多跑出去十米遠

夥計，你也是漢語中的浪子

你看看船、水手和碼頭

你能指出我是其中的哪一個嗎

我的腦袋已越過另一片大陸

我紳士風度的陰毛正垂著八字須騎馬飄過黃昏

一個詩人穿透生死的過程

就是被語言模糊的過程

我用外行的目光注視另一雙眼睛

鐘聲流過群島擊中了遙遠的帆

約你約到月上時

等你等到月偏西

我要在海上向你敘述幸福的往事

我將與你重溫落日後的日子

現在我得到了我從未失去從未有過的東西：

在唐朝感動過我而又退回去的吻

在元朝被砍掉如今又在夢中長出來的那隻手

我碰到了歷史之外的另一雙眼睛

我了結著另一則凡緣

穿過言談者的高度和傾聽者的腰圍

穿過樹的平面和魚的梗概

我輕描淡寫，露才揚己

你功夫不足，溫柔有餘

語言被時間厭棄之後

我們已順著句子到了海邊

我是語氣的帝王，你是字的妹妹

我們將佈置一場生殖的妖術

用幾何和邏輯

農夫和蛇

處女和土地

現在，我頭上吹的根本不是風

是1988年的日曆

我試探性地跑到今年就什麼也不管了

我起了個詩人的名字讓後面的人喊著

在今年和明年之間

在詩和哥們之間

我牽著不知從哪兒長過來的鬍子明白了一件事：

我剩下的唯一一顆牙齒就是要用來邊跑邊笑

之五：船歌

嘩啦嘩啦一詩章

妖裡妖氣一女人

咕嚕咕嚕靠過來

坎坎呼幾一伐檀咳約那個蘭花花喲！

樹朝上弄了一下砰

夜朝後幹了一下嚓

關關幾隻睢鳩你看那小女人

原來是個虛詞咳喲那個玩意兒！

哼哼一小韻

轟隆一大詩

嘿嘿一天才（天才而又天才）

ABBA五律抑揚而又七絕！

牧民在氈房裡節制地放牧

狼群披著羊皮在句子中兜圈子

但狗要從思想中躥出去

什麼狗

（瘋狗）

什麼是我

什麼不我

什麼玩意兒

詩人

嘻嘻一詩人（詩人而又詩人）

他押韻了沒有

女朋友答：他沒有押

街道而又街道

走而又走

背後突然被捅了一下

莫非是那瘋狂的石榴樹？

為什麼不去寫小說

沒有紙，鳥兒答道

瘦而又瘦

描寫而又分段分往法國南部

那魏爾侖

那蘭波

文人象徵而又暗示憂鬱而又癲狂

癲狂而又身高而又夏天那個月亮那個孔子

我就李他最後幾個亞偉

然後走進那個川上

開個飄飄蕩蕩的酒館就不寫詩了我的好哥們

馬嘰哩咕嚕松（注一）

二三四五毛（注二）

六啊七啊八啊九啊一斤！

注一、二　馬松、二毛，中國當代詩人，作者的酒友。

空虛的詩
1988

那些少年美女姓氏重複，身世雷同。

正當她們遠遠地如煙而逝，我碰到了

最後的紅顏。

天空的階梯

空中的階梯放下了月亮的侍者
俯身酒色的人物昂頭騎上詩中的紅色飛馬
今生的酒宴使人脆弱，沉緬於來世和往昔
我溫習了我的本質，我的要素是瘋狂和夢想
懷著淘空的內心要飛過如煙的大水

在世間，一個人的視野不會過分寬遠
如同一雙可愛的眼睛無法照亮我的整整一生！
我騎馬跑到命外，在皇帝面前被砍下首級
她明白這種簡單的生死只需要愛和恨兩種方式來
　　擺平
她看見了道理！在生和死的兩頭都不勸酒
不管哪路美女來加入我內心的流水筵席
她的馬蹄只在我皮膚上跑過
在朝代外發出閱讀人間的聲音

她也這樣在我命外疾馳，穿過一段段歷史
在豪飲者的海量中跑馬量地
而我卻在暢飲中看到了時間已漫出國家
她的去和來何曾與我有關！

天空的階梯降到海的另一面
我就去那兒洗心革面，對著天空重新叫酒！

內心的花紋

你內心的姐姐站在城樓
眺望那外在的妹妹
美女，你喝紅了臉
想在自己兩種年齡上點數著中間的行人

這樣的眺望使一個男人分裂成兩個
一個美麗的老翁，一個萬惡的少年
從兩個方面想歸納到婚姻的上面
之後在仇恨和愛情中喪盡他的人味與事蹟
美女，你多才、懶散，我也一事無成
如同做愛的字詞那麼混蛋而又徒勞
在大肆的運用中根本不需要偏旁和聲調

從姐妹之間穿過說不定就成了兄弟
他孤身一人，朝各個方向遠行
愛情的圖案，由他散漫地發展成人生的花紋
在愛他和恨他的人中被隨便地編織
然後歸還到你的手頭
想想，如果大家都已死去
那些外在的優美也會被拉鏈拉進內心

異鄉的女子

滿目落英全是自殺的牡丹

花草又張冠李戴，露出了秋菊

如同黃昏的天空打開後門放出了雲朵

這時火車從詩中望北開去

把一個女子壓成兩段

出現了姐姐和妹妹

這一切發生在很遠的內心

卻又寫在錯長於近處的臉上

她的美麗在異鄉成了氣候

如同坐火車是為了上大學

划船讀書是為了逃避婚姻

有一個文學作品中的主人翁

正與你同樣落水

又有過路的俠客在鏡中打撈

而情人們卻無意中把水搞渾

滿樹的臉兒被同情的手搞走

直到盛夏還有人犯著同樣的錯誤

我只有在秋日的天空下查閱和製造

找出瓊子和慕容
用一個題目使花朵和樹葉再次出現

她們一真一假
從兩個方向歸結到虹娃的身上
在這些個晴好的天氣
一行行優美的文字把她迎上了枝頭

水中的罌粟

我要拿下安徽省，草在前面開路

世界上最大的湖就是巢湖

星星月亮們端也端不動湖水

把你細腰的軟漿從衣服裡抽出來

你這樣退來退去還不是從蘋果退成了花

這個倒行逆施的夜晚，我一陣亂划

星星們在魚背上釘也釘不住

牙齒也咬不進蘋果

哦，你柔軟的漿

是我從少數民族手裡買來的

划過兩個酒渦

就算是把巢湖又划到了另一個省

想起你們安徽

樹葉和酒廠的工人就朝那兒出發了

我坐著半架汽車

鄉親們追過來純粹只看到了一隻輪子

另一隻輪子慢慢轉動，朝肥東壓過去

哦草哦，低眉折腰的妹妹

暈死在路邊的罌粟

我扶不起你的意思
星星們正在水底打鐘
而我聽不懂最簡單的聲音
我要安徽的西面，我目前正在路上
用半條命朝另外半條對折過去

風中的美人

活在世上，你身輕如燕
要閉著眼睛去飛一座大山
而又不飛出自己的內心

迫使遙遠的海上
一頭大魚撞不破水面

你張開黑髮飛來飛去，一個危險的想法
正把你想到另一個地方
你太輕啦，飛到島上
輕得無法肯定下來

有另一個輕浮的人，在夢中一心想死
這就是我，從山上飄下平原
輕得拿不定主意

內心的深處

在現實中喝酒，綢繆繾綣
看見杯中那山脈和河流的走向順應了自然
看見朋友從平原來，被自身的才華砍死在岸邊
你便拒絕了功名，放棄了一生的野心

你騎馬穿過傍晚，碰到了皇帝
沿途的事物都很清晰，草比人粗
碰到了學者，正在觀察水和波浪
你穿過了妓女。在江邊。一樓一鳳

你看那如煙的大水放棄了什麼
你站上橋頭，看那一生，以及千古
用每天的小酒局殺盡了身外的事物
卻在內心的深處時時小心，等待和時間結帳

酒中的窗戶

正當酒與瞌睡連成一大片
又下起了雨，夾雜著不好的風聲
朝代又變，一個好漢從山外打完架回來
久久敲著我的窗戶

在林中升起柴火
等等酒友踏雪而來
四時如晦，蘭梅交替
年年如斯

山外的酒杯已經變小
我看到大雁裁剪了天空
酒與瞌睡又連成一片
上面有人行駛著白帆

白色的慕容

在事實和猶豫間來回鋤草
下流的雨，使語氣美麗
你的身世迎風變化，慕容
滿樹的梨花又開白了你的皮膚
回憶刺傷了你的手
流出的血在桃子之前紅遍了山坡

在毛線中織禿了頭
就有一隻閃亮的鳥兒飛出了海外
在二月，在九月
你從兩個方嚮往中間播種
潔白的身世粘滿了花粉

素日所喜的詩詞如今又吟誦
窗外的梨子便應聲落向深秋
你忘掉了自我
閉著眼澆灌意境中的壞人
漫山的雨水已覆蓋了夢外的聲音

你怎樣看到美夢的尾巴竄過清晨的樹叢

或者一朵早蕾的桃花發現了大雪

在粉紅中匆忙裹緊

又被強姦得大開？

遠方的鳥翅蕩開大海看見了舟楫

意料中的事在如今等於重演，天邊的帆

使人再次失去雨具和德行

手一鬆，一切都掉在了地上

秋天的紅顏

可愛的人，她的期限是水
在下游徐徐打開了我的一生

這大地是山中的老虎和秋天的雲
我的死是羽毛的努力，要在風中落下來
我是不好的男人，內心很輕

這天空是一片雲的歡氣，藍得姓李
風被年齡拖延成了我的姓名
一個女人在藍馬車中不愛我
可愛的人，這個世界通過你傷害了我
大海在波浪中打碎了水

這個世界的多餘部分就是我
在海中又被浪費成水
她卻在秋末的梳妝中將一生敷衍而過

可愛的人，她也是不好的女子
她的性別吹動著雲，拖延了我的內心

雲中的簽名

今夜的酒面照見了雲朵

我振翅而去，飛進遙遠的眼睛

回頭看見酒店為月光的冷芒所針炙

船在瞳孔裡，少女在約會中

我的酒桌邊換了新來的飲者

月亮的銀幣擲在中天！

兩袖清風，在平原的吧台

時間的零錢掏空了每一個清醒的日子

我只有欠下這世幾文，把海浪的內衣朝沙灘脫去

拂袖而起，把名字簽在白雲的單上

飛進天上的庭院

轉身關上雲中的瞳孔！

青春與光頭

如果一個女子要從容貌裡升起，長大後夢想飛到
　　天上
那麼，她肯定不知道個體就是死，要在妙齡時留下
　　照片和回憶

如果我過早地看穿了自己，老是自由地進出皮膚
那麼，在我最茫然的視覺裡就有無數細小的孔，透
　　過時光
在成年時能看到恍若隔世的風景，在往事的下面
透過星星明亮的小洞我只需冷冷地一瞥
也能哼出：那就是歲月！

我曾經用光頭喚醒了一代人的青春
駕著火車穿過針眼開過了無數後悔的車站
無言地在香氣裡運輸著節奏，在花朵裡鳴響著汽笛
所有的乘客都是我青春的淚滴，在座號上滴向遠方

現在，我看見，超過鴿子速度的鴿子，牠就成了花
　　鴿子
而穿過書頁看見前面的海水太藍，那海邊的少年
就將變成一個心黑的水手

如果海水慢慢起飛，升上了天空

那少年再次放棄自己就變成了海軍

如同我左手也放棄左手而緊緊握住了魂魄

如果天空被視野注視得折疊起來

新月被風吹彎，裝訂著平行的海浪

魚也冷酷地放棄自己，形成了海洋的核

如果魚也只好放棄鰓，地球就如同巨大的鯨魚

停泊在我最浪漫的夢境旁邊

寺廟與青春

我的青春來自愚蠢，如同我的馬蹄聲來自書中
我內心的野馬曾踏上牧業和軍事的兩條路而到了智
　慧的深處

如今，在一個符號帝國中度過的每一天都是極其短
　暫的
我完全可以靠加法加過去了事
我和戰爭加在一起成為槍，加在美女上面成為子
　彈，加在年齡的下面成為學者
這樣，好事不出門，壞事傳千里把我傳出了學術界
我的一生就是2+2得4、4+4得8、8+8得16的無可奈何
　的下場

在中國的青春期，曾經有三個美女加在一起拒絕
　男人
曾經有三個和尚無水喝，在深山中的寺廟前嘻笑
曾經有一個少年是在大器晚成的形式上才成了情人

我有時文雅，有時目不識丁
有時因浪漫而沉默，有時
我騎著一匹害群之馬在天邊來回奔馳，在文明社會

忽東忽西

從天上看下去，就像是在一個漆黑的論點上出爾
　反爾

伏在地面看過去，又像是在一個美麗的疑點上大入
　大出

好色的詩
1987

美女和寶馬

你是天上的人
用才氣把自己牢牢栓在人間
一如用青絲勒住好馬
把他放在塵世

這就是你自己的野馬，白天牽在身後
去天邊吃彩虹
夜間踏過一片大海
就回到了人民的中間

而那些姣好的女子正在紅塵中食著糟糠
在天邊垂著長頸
你要騎著她們去打仗
騎著她們去吟詩

但你是天上的人
你要去更遠的地方
聽雲中的聲音
你要騎著最美的女人去死

東渡

渡過去還是那座島

你可以做夢過去

也可以生病過去

因此吃一副藥你就能回來

但你執意要去

那你就去死

夏天渡過去就會是日本

穿著和服你就只能去扶桑

這兩個地方

你可以用剖腹而一舉到達

秋天詩人們走著回頭路

沿途投遞著信件

秋天的情感輕如鴻毛

讓人飄起來

斜著身子表達，而且

隨便一種口氣就可歪曲一個男人

從水上漂走只是你個人的事

一種說法就足以把你再次拖下水

中藥和西藥都無法救你回來

深杯

在藍色的湖中失眠，夢境很遠
千里之外的女子使你的心思透明

你如同在眼睛中養魚
看見紅色的衣服被風吹翻在草叢中
一群女人掛著往事的藍眼皮從島上下來洗藕
風和聲音把她們遍撒在水邊

她們的肌膚使你活在亂夢的雪中
看見白色藕節被紅絲綢胡亂分割
你一心跳，遠方的柵欄就再也關不住羊
牠們從牧民的信口開河中走出來，吹著號角進入
　　森林
又在水面露出很淺的蹄印

將命運破碎的女子收拾好，湖水就寧靜下來
你從一塊天空中掏出島嶼和蝴蝶回到家中
一如用深深的杯子洗臉和沐浴
上面是淺淺的浮雲，下面是深深的酒

夢邊的死

我這就去死

騎著馬從武漢出去

在早晨穿過一些美麗的辭彙

站在水邊，流連在事物的表面

雲從辭海上空升起

用雨淋濕岸邊的天才

出了大東門

你的才氣就穿過紙張，面對如水的天空

發現寫作毫無意義

因為馬蹄過早地踏響了那些浪漫的韻腳

你根本無法回到事物的懷中

自戀和自恨都無濟於事

而人只能為夢想死一次

我命薄如紙卻又要縱橫天下

沿著這條河

在辭不達意時用手搭向遠方的心

或順著回憶退回去躺在第一個字上

死個清白

渡船

用蝴蝶做帆在草地上來回划行，親愛的
槳擱在最顯眼的部位，你脫下乳罩幫著來划

騎在桅杆上看激烈的風景，這樣很危險
你還是下來，幫我掌住下面的舵
再用左手接住我遞給你的小東西
這時要是想想道德和法律
一顆糖就控制不住自己的甜味
無端端地柔軟，透露出愉快的消息

我說，如此美麗的天氣，死去或活著都隨你的便
而你緊閉了眼說你不要聽，咬住船頭
穿過亞麻、黃柳和高粱
要在天黑之前趕回姐妹們中間

破碎的女子

桃花在雨中掩蓋了李家的後院

女人們已紛紛死於顏色，被流水沖走

紛紅駭綠中我又聽到了天邊的聲音

一支短笛

想在遠處將她們從無吹奏到有

想在紅色和香味中提煉出她們的嘴唇和聲音

在一首短歌的最淡處喚出她們的身姿

使她們妖嬈、活得不現實

在極為可疑的時間裡

她們咬著髮絲射箭和做愛

隨後成立詩社，在吟唱之前又大醉而散

各自隨著臉上的紅暈趴在花瓣上慢慢消逝

這樣的女子命比紙薄，不得不重複地死

她們曾經用聲音攙扶著一些簡單的姓名，讓你呼喚

或用顏色攀過高牆進入人生的後院

就這樣把自己徹底粉碎，滲進紅塵

在笛子眾多的音孔裡哀傷和啜泣，不願出來

下個世紀，醜女子將全部死掉
桃花將空前地猖狂
彌漫在香氣和音樂之上成為一個國家

遠海

我還是要把船拴在你的名字上，前面的海水太藍
騎在大魚上失眠，使我愈加氣短和無力

猶如在三月，你把貧病的身子掛在美色上招展
遠遠地看見了海，聽到了月經初次來潮的聲音

我就只有從島上下來，把槍扛在肩上
看著你去死

無節制的錯誤，同樣發生在北方的海岸線
我用極壞的身體穿過十三、十四、十五這些日期
沿途胡亂放槍，胡亂在火車門邊上吊
疲倦已使我經受不了浪漫，透過玻璃
我就死在窗戶的外邊

我沉迷於幻覺和潮汐
傾聽母親用一根筋懷你的聲音
看見那粗壯的樹伸進黑夜用枝條懷上蘋果

妖花

你妖裡妖氣的聲音
要我過早地垂死在舵上

大陸的氣候反覆無常
漫山遍野的醜女孩
從群眾的長相中一湧而出

一個抒情詩人怕風，討厭現實
在生與死的本質上和病終生周旋

現在我把船拴在你的姓氏上
靠在島邊喝酒
酒中的任何事物：
一棵歎息的玉米
或一座更小的島
會讓我終生在細節上亂夢
在唯一的形式上發瘋
喝空這杯酒
我就要趴在舵上一死了之

夏日的紅棗

你一會兒是母親
一會兒是女兒
聲東擊西地採摘水果
打下的酸棗
便由我倆分擔

你是一個小女子
把家人徹底蒙住
鼓聲之外你就弄錯了地方
你從溪頭或樹枝幾個方向去愛都行
我要留在竹竿的下端

這些鮮紅的水果，經過觀看
便不再是村東女子的嫁妝
而是一個初戀的人做出來的味道
你還小
棗子就不敢成熟
這是夏天
夏天不好

醉酒

當你懂的時候就紅
不懂的時候就藍
當你幹的時候就是女人
不幹的時候就是學生
你騙的時候是太監
不騙的時候就是烈馬

一匹寶馬
或者是一個美女
都是用來騎的
它們使你強大得近乎瘋狂
什麼都懂
什麼都無須懂
只要你願意
你願意的時候就民主
不願意的時候就自由

餓的詩

我讀著雨中的句子在冬季的垂釣中尋死覓活
旋即又被糧食擊碎在人間

我從群眾中露出很少一部分也感到餓
感到歉收和青黃不接
只有回到書中藏頭露尾，成一種風格

而其他的莽漢們正想著乳房在各省的客廳裡漫遊
他們已徹底放棄了寫詩，埋頭於手淫
被窩一黑，美女就出現在大家幹得到的地方
掛在面子上把錯誤無節制地放到下一代人身上
蔑視高雅，在語言之外嘻哈打笑
在婦女中老當益壯，像一群開大會的農民

我已經老了一次又老了一次
從群眾中來，如今就到群眾中去
一口氣喝乾左邊的事物
又在右邊召開萬人大會，遍地埋鍋造飯
在一次繁忙中造成極大的貪污和浪費
讓大雨落在社會上再次形成清一色的服式
我們身穿綠軍裝，腰插匕首和錘子

即使爛得難以收拾

也可以在人民中間幸福地喝酒

好色

好色之徒在冬天無事可幹
握著極壞的預兆伸進夏夜手淫和寫詩

一日三次的小酒已被喝掉一半，變得更小
變得秀氣和珍貴
治國齊家的人物在一年之內就喪盡了猛烈和悲壯

捉鬼是你，放鬼也是你
大雪以一群文盲的姿態落在書中和橋頭
走遍天下你都沒別的顏色做人
厚著臉皮讀文章，把一篇長文看成勞動
而費盡學生和圓規所拱起的橋
只是為了讓美女從上面賣藝歸來
把絲繩和臉皮放入鏡中
放下厚實的裡脊和肚腹上的扣肉
蒙在鼓中自學英語
你就在她身後用緊攢的手把自己放鬆
伸出頭來，視自我為陌路之人
模樣使不讀書不看報的青年頓覺舒服和熟悉

而親切的酒杯仍反罩住水裡的妖怪和岸上的飲食業
幻覺中的女子在河邊越發秀氣和珍貴
捏在手裡調皮、擺動
其他手中的小蟲就一字兒放飛（注）

注　小蟲，手淫之意。四川方言稱手淫為打手銃，學生中
　　的黑話將其寫成手蟲。

好漢的詩

1984—1986

薩克斯

那些被止住的空氣充滿了海腥味兒

魚和輪船都沉不下去！

我看見了愛人在遠處那張丟不盡的臉，薩克斯！

沿著發亮的欄杆彎曲到眉毛

我被旁人眺望，我永遠只被社會發現一半！

我的耳朵裡有貝殼的走廊，薩克斯！

從那小小的通道裡

我正被送到新疆去勞改（注）

我是一個從天上掉下來的語言打手

漢字是我自殺的高級旅館

在語法的大道上，每當白雲們遊過了家鄉的屋頂

我便坐在一隻貓頭鷹的眼中過夜！

薩克斯，我要披著長髮從船上下來唱著情歌告訴

　　你們

一次成功的愛情毀掉了一個詩人

一次失敗的航行卻成全了一個雜種！

儘管我曾多麼的浪漫，走遍了天涯……

注　勞改，勞動改造的簡稱，指服刑。

給女朋友的一封信

若干年後你要找到全世界最破的
一家酒館才能找到我
有史以來最黑的一個夜晚你要用腳踢
才能發現
不要用手摸，因為我不能伸出手來
我的手在知識界已經弄斷了
我會向你遞出細微的呻吟

現在我正走在諾貝爾領獎台的半路上
或者我根本不去任何領獎台
我到底去哪兒你管不著
我自己也管不著
我現在只是很累，越累就越想你
可我不知你在哪兒，你叫什麼名字
你最好沒名字
別人才不會把你叫去
我也不會叫你，叫人的名字沒意思
在心中想想倒還可以

我倒下當然不可能倒在你身邊
我不想讓你瞧不起我

我要在很遠的地方倒下才做出生了大病的樣子
我漫無目的的流浪其實有一個目的——
我想用幾條路來擁抱你
這比讀一首情詩自然
比結婚輕鬆得多

別現在就出來找我
你會迷路走到其他男人家中
世界上的男人有些地方很像我
他們可以冒充我甚至可以做出比我更像我的樣子
這很容易使心地善良的女孩上當

你完全可以等幾年再來找我
你別著急，儘量別摔壞身子
別把腳碰流血了，這東西對活著的人很有用處
我會等你
地球也會停下來等你

硬漢們

我們仍在看著太陽

我們仍在看著月亮

興奮於這對冒號！

我們仍在痛打白天襲擊黑夜

我們這些不安的瓶裝燒酒

這群狂奔的高腳杯！

我們本來就是

腰間掛著詩篇的豪豬！

我們曾九死一生地

走出了大江東去西江月

走出中文系，用頭

用牙齒走進了生活的天井，用頭

用氣功撞開了愛情的大門

我們曾用屈原用駢文、散文

用玫瑰、十四行詩向女人劈頭蓋臉打去

用不明飛行物向她們進攻

朝她們頭上砸下一兩個校長、教授

砸下威脅砸下山盟海誓

強迫她們掏出藏得死死的愛情

我們終於驕傲地自動退學

把爸爸媽媽朝該死的課本上砸去

用悲憤消滅悲憤

用廝混超脫廝混

在白天驕傲地做人之後

便走進電影院

讓銀幕反過來看我們

在生活中是什麼角色什麼角色

我們都是教師

我們可能把語文教成數學

我們都是獵人

而被狼圍獵，因此

朝自己開槍

成為一條悲壯的狼

我們都是男人

我們知道生活不過就是綠棋和紅棋的衝殺

生活就是太陽和月亮

就是黑人、白人和黃種人

就是矛和盾

就是女人和男人

歷史就是一塊抹桌布

要擦掉棋盤上的輸贏

就是花貓和白貓

到了晚上都是黑貓

愛情就是騙局是麻煩是陷阱

我們知道我們比書本聰明，可我們

是那麼地容易

被我們自己的名字褻瀆、被女人遺忘在夢中

我們僅僅是生活的雇傭兵

是愛情的貧農

我們常常成為自己的情敵

我們不可靠不深沉

我們危險

我們黑質而白章，觸草木盡死

我們是不明飛行物

是一封來歷不明的情書

一首自己寫的打油詩

我們每時每刻都把自己

想像成漂亮女人的丈夫

自認為是她們的初戀情人

是自己所在單位的領導

我們尤其相信自己就是最大的詩人

相信女朋友是被飛碟抓去的

而不是別的原因離開了我

相信原子彈掉在頭上可能打起一個大包

事情就是如此

讓我們走吧，夥計們！

中文系

中文系是一條撒滿鉤餌的大河

淺灘邊，一個教授和一群講師正在撒網

網住的魚兒

上岸就當助教，然後

當屈原的秘書，當李白的隨從

當兒童們的故事大王，然後，再去撒網

有時，一個樹椿船的老太婆

來到河埠頭——魯迅的洗手處

攪起些早已沉滯的肥皂泡

讓孩子們吃下。一個老頭

在講桌上爆炒野草的時候

放些失效的味精

這些要吃透《野草》的人

把魯迅存進銀行，吃他的利息

在河的上游，孔子仍在垂釣

一些教授用成絡的鬍鬚當釣線

以孔子的名義放排鉤釣無數的人

當鐘聲敲響教室的階梯

階梯和窗格蕩起夕陽的水波
一尾戴眼鏡的小魚還在獨自咬鉤

當一個大詩人率領一夥小詩人在古代寫詩
寫王維寫過的那些石頭
一些蠢鯽魚或一條傻白鰱
就可能在期末漁汛的尾聲
挨一記考試的耳光飛跌出門外

老師說過要做偉人
就得吃偉人的剩飯背誦偉人的咳嗽
亞偉想做偉人
想和古代的偉人一起幹
他每天咳著各種各樣的聲音從圖書館
回到寢室

一年級的學生，那些
小金魚小鯽魚還不太到圖書館
及茶館酒樓去吃細菌，常停泊在教室或
老鄉的身邊，有時在黑桃Q的桌下（注一）
快活地穿梭

詩人胡玉是個老油子

就是溜冰不太在行，於是

常常踏著自己的長髮溜進

女生密集的場所用鰓

唱一首關於晚風吹了澎湖灣的歌（注二）

更多的時間是和亞偉

在酒館的石縫裡吐各種氣泡

二十四歲的敖歌已經

二十四年都沒寫詩了

可他本身就是一首詩

常在五公尺外愛一個姑娘

節假日發半價電報

由於沒記住韓愈是中國人還是蘇聯人（注三）

敖歌悲壯地降下了一年級，他想外逃

但他害怕爬上香港的海灘會立即

被警察抓去考古漢語

萬夏每天起床後的問題是

繼續吃飯還是永遠不再吃了

和女朋友賣完舊衣服後

腦袋常吱吱地發出喝酒的信號

他的水龍頭身材裡拍擊著

黃河憤怒的波濤，拐彎處掛著

尋人啟示和他的畫夾

大夥的拜把兄弟小綿陽

花一個月讀完半頁書後去食堂

打飯也打炊哥

最後他卻被蔣學模主編的那枚深水炸彈 (注四)

擊出淺水區

現已不知餓死在哪個遙遠的車站

中文系就是這麼的

學生們白天朝拜古人和王力和黑板 (注五)

晚上就朝拜銀幕或很容易地

就到街上去鳳求凰兮

這顯示了中文系自食其力的能力

亞偉在露水上愛過的那醫專

的桃金娘被歷史系的瘦猴睞去了很久

最後也還回來了亞偉

是進攻醫專的元勳他拒絕談判

醫專的姑娘就有被全殲的可能醫專

就有光榮地成為中文系的夫人學校的可能

詩人楊洋老是打算

和剛認識的姑娘結婚，老是

以鯊魚的面孔遊上賭飯票的牌桌

這根惡棍認識四個食堂的炊哥

卻連寫作課的老師至今還不認得

他曾精闢地認為紡織廠

就是電影院就是美味的火鍋

火鍋就是醫專就是知識

知識就是書本就是女人

女人就是考試

每個男人可要及格啦

中文系就這樣流著

教授們在講義上喃喃游動

學生們找到了關鍵的字

就在外面畫上漩渦

畫上教授們可能設置的陷阱

把教授們嘀嘀咕咕吐出的氣泡
在林蔭道上吹到期末

教授們也騎上自己的氣泡
朝下漂像手執丈八蛇矛的
辮子將軍在河上巡邏（注六）
河那邊他說「之」河這邊說「乎」
遇著情況教授警惕地問口令：「者」
學生在暗處答道：「也」

根據校規領導命令
學生思想自由命令學生
在大小集會上不得胡說八道
校規規定教授要鼓勵學生創新
成果可在酒館裡對女服務員彙報
不得污染期終卷面

中文系也學外國文學
重點學鮑狄埃學高爾基，有晚上
廁所裡奔出一神色慌張的講師

他大聲喊：同學們

快撤，裡面有現代派

中文系在古戰場上流過

在懷抱貞潔的教授和意境深遠的月亮

下邊流過，河岸上奔跑著烈女

那些石洞裡坐滿了忠於杜甫的寡婦

和三姨太，坐滿了秀才進士們的小妾

中文系從馬致遠的古道旁流過

以後置賓語的身分

被把字句提到生活的前面（注七）

中文系如今是流上茅盾巴金們的講臺了

中文系有時在夢中流過，緩緩地

像亞偉撒在乾土上的小便像可憐的流浪著的

小綿陽身後那消逝而又起伏的腳印，它的波浪，

正隨畢業時的被蓋捲一疊疊地遠去

注一　當時流行的一種叫做「拱豬」的撲克牌遊戲，黑桃Q
　　　是倒楣的一張牌。

注二　當時一首叫做《澎湖灣》的台灣流行歌曲。

注三　韓愈，唐朝著名知識分子，中文系必學的一個人物。

注四　蔣學模，大學教材《政治經濟學》的編者。

注五　王力，大學教材《古代漢語》作者。

注六　辮子將軍，辛亥革命後，中國全國人民都剪掉了腦後
　　　的辮子，但軍閥張勳的軍隊卻蓄著辮子發動了一次恢
　　　復帝制的政變。張勳自詡是三國名將張飛的後代，因
　　　此常像張飛一樣手執一支丈八蛇矛。

注七　把字句，大學中文系現代漢語語法術語，上一句的
　　　「後置賓語」亦是。

畢業分配

所有的東西都在夏天

被畢業分配了

哥們兒都把女朋友留在低年級

留在寬大的教室裡讀死書，讀她們自個兒的死信

但是我會主動和你聯繫，會在信中

向你談及我的新生活、新環境及有趣的鄰居

準時向你報告我的毛病已有所好轉的喜訊

逢年過節

我還會給你寄上一顆狗牙齒做的假鑽石

寄出山羊皮、涪陵榨菜或什麼別的土特產

如果你想我得厲害

就在上古漢語的時候寫封痛苦的情書

但鑑於我不愛回信的習慣

你就乾脆抽空把你自己寄來

我會把你當一個凱旋的將軍來迎接

我要請攝影記者來車站追拍我們歷史性的會晤

我絕對不會躲著不見你

不會藉故值班溜之大吉

不會向上級要求去很遠的下屬單位出差什麼的

我要把你緊緊摟在懷裡

粗聲大氣地痛哭，掉下大滴的眼淚在你臉上

直到你呼吸發生困難

並且逢人就大聲宣佈：

「瞧，我的未婚妻！這是我的老婆咧！」

你不要看到我的衣著打扮就大為吃驚

不要過久地打量我粗黑的面容和身著的狐皮背心

要尊重我帽子上的野雞毛

不要看到我就去聯想生物實驗樓上的那些標本

不要聞不慣我身上的荷爾蒙味

至少不要表露出來使我大為傷感

走進我的氈房

不要撇嘴，不要捂著你那翹鼻子

不要扯下壁上的貂皮換上世界名畫什麼的

如果你質問我為什麼不回信

我會驕傲地回答：寫字那玩意

此地一點也不時興！

你不必為我的處境搞些喟然長歎、潸然淚下之類的
　儀式
見了騎毛驢的酋長、族長或別的什麼蠻夷
更不能怒氣衝衝上前質問
不要認為是他們在迫害我
把我變成了猩猩、野豬或其他野生動物
他們是最正直的人
是我的好兄弟！

如果你感興趣
我會教你騎馬、摔跤，在絕壁上攀沿
教你如何把有夾的獵槍刺在樹上射擊
教你喝生水吃生肉
再教你跳擺手舞或唱哈達什麼的

你和我結婚
我會高興得死去活來
我們會迅速生下一大打小狗子、小柱子
這些威武的小傢伙、小蠻夷
一下地就能穿上馬靴和貂皮褲衩
成天騎著馬東遊西蕩

他們的足跡會遍佈塞外遍佈世界各地
待最後一個小混蛋長大成人
我就親自掛帥遠征
並封你為押寨夫人
我們將騎著膘肥體壯的害群之馬
去很遠很遠的地方戍邊

蘇東坡和他的朋友們

古人寬大的衣袖裡
藏著紙、筆和他們的手
他們咳嗽
和七律一樣整齊

他們鞠躬
有時著書立說，或者
在江上向後人推出排比句
他們隨時都有打拱的可能

古人老是回憶更古的人
常常動手寫歷史
因為毛筆太軟
而不能入木三分
他們就用衣袖捂著嘴笑自己

這些古人很少談戀愛
娶個叫老婆的東西就行了
愛情從不發生三國鼎立的不幸事件
多數時候去看看山

看看遙遠的天
坐一葉扁舟去看短暫的人生

他們這些騎著馬
在古代彷徨的知識分子
偶爾也把筆扛到皇帝面前去玩
提成千韻腳的意見
有時採納了，天下太平
多數時候成了右派的光榮先驅

這些乘坐毛筆大字兜風的學者
這些看風水的老手
提著賦去赤壁把酒
挽著比、興在楊柳岸徘徊
喝酒或不喝酒時
都容易想到淪陷的邊塞
他們慷慨悲歌

唉，這些進士們喝了酒
便開始寫詩
他們的長衫也像毛筆

從人生之旅上緩緩塗過

朝廷裡他們硬撐著瘦弱的身子骨做人

偶爾也當當縣令

多數時候被貶到遙遠的地方

寫些傷感的宋詞

島

今夜。雪山朝一雙馬蹄靠攏。牛朝羊靠攏。

今夜。草原停泊在小鎮前面。海停在魚前面。詩人
　　停在酒中。

今夜。馬遇到草原就迷途。

酒遇到普通事物就立即變苦！

今夜和你。閃電和鬼。風和肩膀。讓房門大開！

面對一場浩大的邂逅。我們不在乎吻著的是誰。草
　　原上風和日麗。風把草原吹過去。地主從盆地跑
　　過來。時間跑過去。人跑過來。一聲碰撞就爆發
　　了土地革命。

拖拉機朝前開。一路上發動人民。雲朝下看。島朝
　　外遊。風縮短身材。天越長越高。

人越矮越快活。

問題越想越過癮！

今夜和你。馬背和星光。街上走過一個翻身的青
　　年。一個懂我的人在比你更遠的地方入睡。我的
　　嘴唇正為他奔襲去年的故事。

去年的故事屬於去年的語言。花屬於速度。

你在裙子裡緊緊地做女人。花在鳥的背上。鳥在雲

的左邊。雲在海的上空飄過。

去年的意圖乃秋收後對糧食的誤解。吃是活下去的藉
　　口。演員是觀眾的皮膚。草跑來跑去地吸收水分。

去年。我從書中滾出來去找職業和愛人。

去年。我的臉在笑容的左邊。牧民在馬上。孩子在
　　乳齒中。手在事物裡。朋友在島上。

從島到草原。從貝殼到氈房。

秋天瞧著雲。雲瞧著楓樹。楓樹瞧著紅色。

那些紅色從一棵樹飛向另一棵樹。從一種事物飛向
　　另一種事物。從你飛向我。從個人飛向集體。今夜
我和你。兩個人物。從去年到今年。

快車摸索著所有情節。終致一團亂麻。破壞了所有
　　終點。

臉退進表情。飛翔退進羽毛。

今年的故事是你經驗之外的東西。花就是花。

從字到人。從魚到鳥。我為此做盡了手腳。

你也活在我經驗之外，大做其他事物的手腳。

活得像另一個人。另一個字。另一朵花，陌生而又
　　美麗。另一條魚。一座新發現的島。

今年的秋天是對往事的收割。路子簡單。動作熟。
　　手腳快。拖拉機在大樹下。胡豆在麥子的側邊。
　　牛在羊的側邊。老二在老大的後面。人民翻身做
　　了主人。
從小鎮到雪山，從狗到馬。兩次機會，一種味覺：
　　玉米和酒；男人和女人；風和馬和牛。
從出門到回家，從觀眾到演員，從頭到腳。兩個方
　　向，一種混法。
從去年到今年。從臉到表情。

秋季對著天空。小屋對著月亮。月亮對著人。
睡覺只是過場；醉酒已不能說明問題；流浪也不再
　　過癮。
一個人物是一次念頭；一個字是一次與外界的遭
　　遇；一個月亮是一柄收割童年的鐮刀。飄過去的
　　雲是繼母。

今夜和你。星星的馬蹄踐踏天空而去。
今夜和你。黑髮和雲和歌飄飄忽忽。
瞄不準的吻，回家而又瞄不準門！
一個男人咬著煙斗，看今夜怎麼才能破曉。

今夜。雪山的下面，草原的上面。風的背上。那
　家。那人。那面孔。
樹朝木材發展。鐘錶朝靜夜滾去。那小屋。那人。
　那手。
一場黑頭髮的愛情，曾愛紅過我們的眼。
一首詩。一個女人。一次機會。
一杯酒。一座小鎮。一次男人。
聲音把句子從書裡面取出來，
語言把內容從心頭拖過，
往事把顏色從布裡面抽出來。
不崇高，
不冷峻，
也不幽默。

今夜。酒杯和木桌。眼一點不眨。
今夜。神仙和雲。山一點不高。
水也不深。
人似曾相識。
今夜。一次機會，兩種感覺：
貝殼和甎房，

魚和花。

今夜。一次機會，兩種可能：

我和你，

島和草原。

跋　口語和八十年代

李亞偉

我們

1984年我寫作了《中文系》、《硬漢們》、《蘇東坡和他們的朋友們》、《畢業分配》等作品，並通過手抄、複寫和郵寄等方法完成了這些詩歌的發表過程。

年底，我和二毛去涪陵拜訪在文工團做演員的何小竹和在黨校當教師的巴鐵，並在鬧市區街頭一個小茶館裡給詩人何小竹、批評家巴鐵以及詩人冉冉、楊順禮、小說家朱亞寧、畫家梁益君、鍾剛等涪陵城內扳著指頭數得上的文化人士朗誦了我的詩歌。其間，我的朗誦一會兒被茶館裡兜售零食的小販打斷，一會兒被門外送喪的吹打聲干擾，但朗誦很受朋友們歡迎，成功地完成了那個年代我的詩歌的另一種發表形式。

當時，我和二毛是中學教師，正在火熱地實驗我們那種幽默、新鮮的語言方式，身體力行反傳統的生活態度。「李莽漢」、「二莽漢」、「馬莽漢」、「女莽漢」、「小莽漢」等已被我們彼此當成綽號在使喚，而且這些綽號已經落地開花到了重慶和成都等地很多詩人們中間。「莽漢」這一概念是1984年1月由萬夏和胡冬在成都提出的，主要人物有萬夏、馬松、

胡冬、二毛、梁樂、胡玉、蔡利華和我。其中我和二毛、梁樂是中學同學，萬夏和胡冬也是在中學就混在一起的，而我和馬松、萬夏、胡玉又是大學同學，在大學是一個詩歌團夥，梁樂在重慶醫科大學兒科系，二毛是涪陵師專數學專業的，胡冬在四川大學又和之前發起「第三代人」的趙野、唐亞平、胡曉波、阿野等是一個詩歌團夥。也就是說，「莽漢」是當時一個典型的校園詩社互相勾結的結果。成立詩社或流派之後，接著就是和全國各地地下詩人聯絡交流。複寫、油印詩集並通過書信形式寄達別的詩人手中，成了當時地下詩人團隊們最重要的交流和發表方式。那會兒，我們彷彿是活動在活版印刷術發明的前夜。

當時，地下詩人們能在短時間內寫出很多新奇的詩歌來，並很快通過有別於官辦刊物發表的渠道——主要是朗誦，複寫、油印、書信，進而傳抄和再油印四處流行，其效果相當強烈，詩人們也隨時都能看見外地剛剛寄來的令人眼睛一亮的作品。名詩和明星在沒有任何炒作的情況下不斷出現，胡冬的《我想乘一艘慢船去巴黎》、韓東的《大雁塔》、趙野的《河的抒情詩》、萬夏的《打擊樂》、馬松的《致愛》、於堅的《羅家生》、《尚義街六號》、張棗的《鏡中》、楊黎的《怪客》、《冷風景》、柏樺的《唯有舊日子帶給我們幸福》等等都是如此，本人甚至親眼看見上述詩歌在這些作者的名字傳來不久，就隨著作者本人鮮活的手寫字跡出現在一台充滿「地下」氣息的油印機前。

一種新的寫法並未經過報刊和廣大文學界的同意就飛快地將生米煮成了熟飯,一種極其新鮮的口語詩歌,在社會還沒有看到它們的時候就木已成舟,並且划向了遠方。

　　現在,很多人都承認我的《中文系》是那個時代一首典型意義上的口語詩歌,當然它更是一首典型意義上的「莽漢」詩歌。因為我們當時希望把詩歌寫得誰都能讀懂、誰都能喜歡,要「獻給打鐵匠和大腳農婦」(萬夏語),要把愛情詩獻給女幹部和青年女工,把打架和醉酒的詩獻給曠課的男生、卡車司機和餐館老闆。《中文系》就是獻給中文系的學生和老師的,由於它有著具體的受眾和對象,成了我口語詩歌中一個早期樣本,當時我們對真正好詩的理解很簡單,就是寫我們在普通生活裡折騰的情景,並使用很中國化或很東方化的字詞,堅決反對寫得像地球上已有的詩歌。我們對現代和後現代那些觀念略知一些,但興趣不大,也在一段時間裡學習並相信過,但後來覺得有些膩。以至於到了九十年代後,我們如果看見一個詩人還在折騰東方或西方觀念,就會覺得他是小資或中產階級裡的一個文化愛好者和跟風者,看見他很像文化盲流。

　　「莽漢」這個東西確實是我們有意製造出來的,在當初甚至帶有表演性。它有兩個層面:就外在而言,成立流派本身就有表演的意思,我們追求怪異時髦的打扮和行為,到處拋頭露面;在寫作內容上我們寫自己讀書和工作中的故事,寫自己醉酒和漫遊浪蕩的經歷,語言熱烈新奇。這些表演性有一個意圖,就是要和上一代傳統詩人相區別,就是要強調自己從來都不想當文學青年,自己壓根就不崇高,很強烈地渲染自己不在

乎文化，而自認為是正大步走在創新路上的一撥人，我們正在
成為語言的暴發戶。就這樣，幾個剛過二十歲的人憑著熱血和
厚臉皮提出了粗暴的主張，寫出了充滿奇思異想的詩歌，開始
了現代漢語裡面一種最快樂的寫作。

　　其實，就在當時，流派對於我們的創作來說也只是權宜之
計，是開路的工具。後來我們也這麼認為，至今一直還在搞流派
的人要麼沒打開他的路，要麼嫌路還開得不夠，還沒過足癮。
莽漢主義當初的宗旨只是為了砸爛那些庸俗的主流文化，並和
所有新生的詩歌團體為打倒虛假的文化而一起盡一分力量，用
現在的話說是爭奪話語權，並從中嗨一把，把癮過足。不過我
們認為流派對於一個庸俗麻木的文化環境來說，它是鋒利的武
器，它不是藝術本生，它是刺穿讓人厭煩的世界的刀劍。

我們和他們

　　1986年，徐敬亞、呂貴品、姜詩元、曹長青、孟浪、海波
等人在《深圳青年報》和《詩歌報》上做的聯合大展將全國各
地地下詩歌團隊展示出來，詩歌方面，以文學雜誌為代表的體
制化寫作開始崩盤，詩歌的審美知情權由官方刊物轉向民間那
些自由寫作者。那是中國互聯網的前夜，民間詩歌終於利用主
流鉛印報刊發起了最後一次起義，這是活版印刷術發明以來、
中國互聯網文學誕生之前，詩人們對文化的知情權、審美權、
發表權的最後一次社會化爭奪。此時我們也意識到，我們的流
派該結束了。

「莽漢」是八十年代最早的詩歌流派之一，在1986年，我們看見，全國各地已經出現了無數的具有先鋒意義的寫作團體，出現了很多在文本上有實質性創新的詩人，他們和我們何其的相似！我們一起已經打開了場面，我們已經暴露了，我們已經公開了，我們已經不地下了。

　　毫無疑問，莽漢詩歌是在與這些詩歌團隊的相互影響中出現和發展的。「莽漢」雖然很早就宣佈解散了，但是「莽漢」這個詞到現在還老是跟著我們幾個作者走，這是沒辦法的事情，它曾經展現的個性太鮮明了。

　　「莽漢」詩人們一直做的就是「不發表」的詩人，或者說做「地下詩人」的理由不成立以後，仍然堅持拒絕向公開出版的刊物主動投稿，這種現象不僅存在於「莽漢」們身上，不僅存在於「第三代人」身上，中國八十年代有很大一批這樣的詩人，到了今天亦皆如此，他們的寫作基本上還是不理睬官辦刊物和所謂的理論批評的——長期反權威反傳統的後勁還在這幫人身上緩慢長久地起著作用。

　　這是中國先鋒詩歌在那時的一個共同狀況，原因是當初我們年齡小，而我們的寫作確實太新了。當時朦朧詩已經全國普及，我們卻意識到我們那會兒正好與社會美學靠不上譜。但我們相當自信，因為我們已經形成了無數的詩歌圈子，圈子和圈子交叉的地方，已足以達成我們所需要的實驗交流。

　　八十年代的詩人們在寫作上的一個主要特徵就是用現實生活中的口語寫作，因為我們相信好詩都誕生於生動的口語。我們認為，唐詩是用唐朝的口語寫的，宋詞，雖有更多的規則限

定，但在字數、平仄、韻腳的限制之中，蘇東坡、李清照們仍然寫的是宋朝的口語。而明清詩人致力於寫得像唐詩，大都裝成李白、杜甫或者王維等模範詩人在揮毫，忽略了他們自己生活中的口語現實，把李、杜、王當祖先供著其成就也不高。我們認為，宋以後的那些詩人基本上白混了幾百年日子。而明清的小說家和戲劇家由於前面沒什麼小說和戲劇成規，完全融進了口語世界裡去寫作，相反成就很大。現在文化界寫古體詩的青年學者，我們基本上認為這種詩人可以押到舊社會去勞改。

當時，我們剛進入社會，很快就明白，咱們生活中難道不是用口語在思考嗎？我們愛一個人難道不是在用生活中的語言在愛嗎？如果用書面語去思考，或者用某種書面語去追逐一個女人，這個女人可能都會覺得不舒服吧，她會感到這個朝代談戀愛怎麼越來越難？我們曾相信我們的上一代知識分子中的一些人會用一種西化的翻譯過來的文學語言或哲學語言去和一些女子交流甚至耳鬢廝磨，最終使得有的女子變成了老處女有的變成了破鞋。

如今，刻意用某種翻譯過來的像詩的語言模式去寫作，和現在專專心心寫七律一樣，我看到二者的差別也就是五十步和一百步。

詩歌肯定只能用口語去寫，當然，是八十年代至今、社會生活中普遍交流的那種語言，並且是每個詩人自己找到的那種口語。

早在1982年，「第三代人」就在四川大學、西南師大等大學生詩人們的交流中被提出來了，萬夏、趙野、唐亞平、胡冬

等是這些人中因其後來的詩歌創作而留下來的幾個名字。真正的口語詩歌的興起不會因為一兩次大學生詩人的聚會就成為一種寫作現象，而是一代人在他們的青春歲月，熱情洋溢，勇於破舊立新，在飽讀詩書之後對中國文學的重新發現。隨後的幾年，我們遇見了更多的詩人，按當時的習慣，會在這個詩人名字前加上不太確切的地理標識，比如：上海的默默、鬱鬱、孟浪、張小波、宋琳、劉漫流、王寅、陳東東、京不特、冰釋之、陸億敏、南京的韓東、朱文、于小韋、海波、葉輝、小君、小海、閑夢、東北的郭力家、邵春光、蘇歷銘、潘洗塵、宋詞、朱凌波、張鋒、盧繼平、方子、西北的丁當、封新城、楊爭光、島子、沈奇、重慶的張棗、柏華、尚仲敏、王琪博、燕曉東、敬曉東、付維、北京的海子、西川、黑大春、莫非、樹才、阿吾、大仙、阿堅、安徽的曹劍、丁翔、周強、北魏、鄭小光、鐵流、岳金友、武漢的野牛、野夫、羅聲遠、張輝、浙江的梁小明、孫昌健、金耕、餘剛、四川的楊黎、何小竹、藍馬、周倫佑、小安、劉濤、吉木狼格、翟永明、歐陽江河、鍾鳴、宋渠、宋煒、石光華、劉太亨、席永軍、張于、蘇州的黑毟、香港的黃燦然、雲南的於堅、海男，福建的呂德安等等，歷史選擇了這一代人，而這一代人在亂七八糟的探索中最終選擇了口語詩歌的寫作，當然，這一代人並沒和歷史商量，也沒在那個時間段相互商量他們的文化取向。

他們和他們

在八十年代我們寫作那種比較新鮮的口語詩歌的時候，我們之前的所有白話詩歌都已不在我們欣賞和閱讀的範圍，僅以四川的「莽漢」、「非非」和「整體主義」為例，他們主要熱心於閱讀西方後現代和中國同代人中最新的作品。倒不是說我們當時堅信我們摸清了新的路數、掌握了詩歌新的秘密，我認為這有個即時閱讀（或當下閱讀）的興趣取向的問題。這使我想到我們後來的詩人比如80、90後這會兒極可能不願意深入進我們的詩歌，因為時間太近，生活觀念反差又那麼大。這種情形甚至可以放到普通讀者層面來看，比如，對中國當代詩歌，普通中國人基本上會持懷疑的態度。更甚者，一些和文學這個概念沾點邊又敢於發表文學見解的人，一有機會就會表態否定當代詩歌——我們不能簡單地說他們是當代詩歌的外行，事實是，這些人中大部分最明白文學的人在當代詩歌的閱讀上，基本就讀到朦朧詩為止，更多的恐怕他的詩歌知識還是徐志摩、郭沫若、穆旦那個層面，然而，這個層面僅是經時間沉澱後能給他們看得清楚的那一部分，但他們會認為自己也從事文學，比如大學教授，就是我《中文系》裡的那種辮子將軍，還比如年輕小說家或寫球評的寫時尚小品的，都以為自己也寫東西呢，肯定是文學這一塊的人。他們可能隨時、隨意地發表擔憂新詩前途或否定新詩成就這樣的見解，這不是因為他們主觀上拒絕當代詩歌，而是因為他們缺乏一個基本常識：他們不是個中人，他們既在場而又完全不在場，當代詩歌對他們來說近在

眼前其實又遠在天邊。所以，時間和空間還沒有給他們閱讀和認識的條件。

其實，詩歌的閱讀和認可從來都有滯後的特性，人們唯讀前朝詩歌，只瞭解和認可定性了的前朝詩歌。所以對讀者來說，不管他多聰明、他是幾級作家、幾級教授，他只要不是當朝詩歌中的參與者，他就只是一個普通讀者，他對詩歌的瞭解也比普通大眾的程度高不到哪兒去，他最多只有機會閱讀當代詩歌的部分或個體，他們不可能窺一斑而見全豹。詩歌閱讀最偉大的那一扇門只能由時間來打開，比如，唐初的文人雅士對魏晉南北朝的以四言為主的詩歌了然於心，而對正在形成的新鮮的唐詩，唐初大多數人是視而不見的，陳子昂和唐初四傑的意義就在於最終他們以較短的時間讓當朝人認可了這種新詩，盛唐李杜他們也不是盛唐文人都知道他們優秀，那些翰林院的、那些進士和各地官員都寫詩，但他們主要感興趣的還是建安和竹林等前賢。李白、杜甫、孟浩然等一幫桃花體、秋風體、自然派等唐朝口語詩人更多的也只是互相欣賞，知道他們創作特性的也就是那個時代龐大文化平台上不多的小圈子，大部分的文人還在欣賞三曹或者還在模仿大業、貞觀年間那些宰相詩人們的寫法。儘管李、杜、孟等的詩有時也變成了當時歌坊的卡拉OK在流傳，但流通的渠道並不是我們後來所看到的那樣開闊。所以，出於閱讀惰性或文化本身具有的遮蔽性，當朝大多數文人主要還是只會欣賞上輩和更上一輩的作品。宋朝也是一樣，明清就更不用說，普通知識分子大多感興趣的和能夠討論的還是唐詩宋詞。胡適、郭沫若他們幹新詩的時候不知

讓多少寫時尚小品、寫鴛鴦奇幻小說的、不知讓多少文學愛好者明白不過來。

通常的情況：最先進的文化需要一段小小的時間與生活磨合才能被生活認同並引領生活，最前衛的詩歌、藝術也需要一段小小的時間與社會審美挑釁才能被審美。所以我相信，我們今天這個時代詩歌離普通讀者較遠的情形是正常的，八十年代及以後的詩歌回到了詩歌創作最應該回到的正常位置，它現在的作者圈子和閱讀圈子之間的大小是匹配的。

我認為詩歌的閱讀和評價需要時間上的距離，太近了，會讓人產生像老花眼那樣的感覺。當然，我對八十年代詩歌的評價可能有著我特殊的個人角度，由於我身處其中，在它實驗的內部，我還不光是老花眼，我還近視，近視眼在觀察事物時或許或有過度聚焦的成分，不過，由於我的角度既遠視又近視，或者可能獲得望遠鏡的視野。因此，在我的視野裡呈現出來的是：由朦朧詩肇始、在八十年代成型的口語詩歌是宋詞之後又一個漢語詩歌生長的巨大平台，在幾十年內，加上更多更新的詩人們的加入和探索，這個平台會給中國文學史貢獻群星璀璨的詩人群，其可能留下的遺產是很多優秀詩人和式樣繁多的經典詩歌，是唐詩、宋詞之後的中國文學史上又一次歷史性的繁花似錦。

語言文學類　PG0998　中國當代詩典　第一輯 08

紅色歲月
——李亞偉詩選

作　　　者／李亞偉
主　　　編／楊小濱
責任編輯／蔡曉雯
圖文排版／詹凱倫
封面設計／陳佩蓉

發 行 人／宋政坤
法律顧問／毛國樑　律師
印製出版／秀威資訊科技股份有限公司
　　　　　114台北市內湖區瑞光路76巷65號1樓
　　　　　電話：+886-2-2796-3638　傳真：+886-2-2796-1377
　　　　　http://www.showwe.com.tw
劃撥帳號／19563868　戶名：秀威資訊科技股份有限公司
　　　　　讀者服務信箱：service@showwe.com.tw
展售門市／國家書店（松江門市）
　　　　　104台北市中山區松江路209號1樓
　　　　　電話：+886-2-2518-0207　傳真：+886-2-2518-0778
網路訂購／秀威網路書店：http://www.bodbooks.com.tw
　　　　　國家網路書店：http://www.govbooks.com.tw
圖書經銷／紅螞蟻圖書有限公司
　　　　　台北市114內湖區舊宗路2段121巷19號（紅螞蟻資訊大樓）
　　　　　電話：+886-2-2795-3656　傳真：+886-2-2795-4100

2013年9月　BOD一版
定價：300元
ISBN　978-986-326-170-4
ISBN　978-986-326-178-0（全套：平裝）
版權所有　翻印必究
本書如有缺頁、破損或裝訂錯誤，請寄回更換

國家圖書館出版品預行編目

紅色歲月 : 李亞偉詩選 / 李亞偉著. -- 一版. --
　臺北市 : 秀威資訊科技, 2013. 09
　　面 ；　公分. -- (中國當代詩典. 第一輯 ;
8)
　BOD版
　ISBN 978-986-326-170-4 (平裝)

851.486　　　　　　　　　　102015889

讀 者 回 函 卡

感謝您購買本書，為提升服務品質，請填妥以下資料，將讀者回函卡直接寄
回或傳真本公司，收到您的寶貴意見後，我們會收藏記錄及檢討，謝謝！
如您需要了解本公司最新出版書目、購書優惠或企劃活動，歡迎您上網查詢
或下載相關資料：http:// www.showwe.com.tw

您購買的書名：_____

出生日期：_____年_____月_____日

學歷：□高中 (含) 以下　　□大專　　□研究所 (含) 以上

職業：□製造業　□金融業　□資訊業　□軍警　□傳播業　□自由業
　　　□服務業　□公務員　□教職　　□學生　□家管　　□其它_____

購書地點：□網路書店　□實體書店　□書展　□郵購　□贈閱　□其他

您從何得知本書的消息？

　□網路書店　□實體書店　□網路搜尋　□電子報　□書訊　□雜誌
　□傳播媒體　□親友推薦　□網站推薦　□部落格　□其他_____

您對本書的評價：(請填代號　1.非常滿意　2.滿意　3.尚可　4.再改進)

　封面設計____　版面編排____　內容____　文／譯筆____　價格____

讀完書後您覺得：

　□很有收穫　□有收穫　□收穫不多　□沒收穫

對我們的建議：_____

_____

_____

_____

11466
台北市內湖區瑞光路 76 巷 65 號 1 樓

秀威資訊科技股份有限公司 收

BOD 數位出版事業部

⋯⋯⋯⋯⋯⋯⋯⋯⋯⋯⋯⋯⋯⋯⋯⋯⋯⋯⋯⋯⋯⋯⋯⋯⋯⋯⋯⋯⋯⋯⋯⋯

（請沿線對折寄回，謝謝！）

姓　　名：＿＿＿＿＿＿＿＿　年齡：＿＿＿＿　性別：□女　□男

郵遞區號：□□□□□

地　　址：＿＿＿＿＿＿＿＿＿＿＿＿＿＿＿＿＿＿＿＿＿＿＿＿＿＿

聯絡電話：(日) ＿＿＿＿＿＿＿＿＿＿　(夜) ＿＿＿＿＿＿＿＿＿＿＿

E-mail：＿＿＿＿＿＿＿＿＿＿＿＿＿＿＿＿＿＿＿＿＿＿＿＿＿＿